제2우주

제2우주

선자은 장편소설

(주)자음과모음

차례

1

팟!
– 〈맨 인 블랙〉(1997)

〈스타 트렉〉에 나오는 엔터프라이즈호는 광속을 넘어 워프까지 가능하다. 물론 이 내용은 과학적 이론에 위배된다. 과학자들은 〈스타 트렉〉에 나오는 장면들이 오류 덩어리라고도 말한다. 우리 엄마도 그랬다. 늘 아빠와 내가 즐겨 보는 SF영화나 TV 시리즈를 못마땅하게 여겼다.

"정말 말도 안 돼. 말도 안 되는 헛소리라고. 순간 이동? 양자적 공간 이동을 한다는 게 얼마나 어려운 일인 줄 알아? 특히 인간은 아주 복잡한 정보 체계를 가진 존재라서 이동이 불가능하다고. 그

많은 유전자 정보를 어떻게 다 옮길 건데?"

우리나라, 아니 세계에서도 알아주는 물리학자 진미도 박사가 하는 소리이니 백 번 천 번 맞는 말씀일 것이다. 하지만 엄마는 중요한 걸 몰랐다. 말도 안 되는 헛소리를 두 시간여 동안 보며 즐거워하는 사람도 있다는 걸. 말도 안 되는 헛소리니까 재미있어할 수 있다는 걸. 게다가 아빠는 그 헛소리를 잘 새겨두었다가, 분석하고 감상하며 평론까지 쓴다. 그게 직업이니까. 엄마는 똑똑한 아빠가 왜 영화 잡지에 SF영화 칼럼 따위를 연재하는지 이해하지 못했다. 처음 둘이 만난 것도 다 영화 잡지 때문이었으면서.

20년 전, 아빠는 'SF영화 속 과학 이야기'라는 칼럼을 시작했다. 그때까지만 해도 아직 세계적인 과학자가 아니라 유명한 교수님 연구 조교에 불과했던 엄마는 교수님이 나가야 할 자리에 대신 나가 아빠와 인터뷰를 했다. 으레 있는 일이었다.

그리고 두 사람은 한눈에 반했다……는 아름다운 이야기였으면 좋겠지만, 엄마와 아빠는 만나는 순간부터 서로를 너무나 싫어했다. 하나부터 열까지 말이 통하지 않았던 것이다. SF영화는 가짜라고 하는 엄마와 영화적 상상력에 푹 빠진 아빠가 잘 맞을 리 없었다. 처음에는 단순한 토론으로 시작된 대화가 말다툼으로 이어졌고, 열이 받을 대로 받은 두 사람은 소주를 마시기 시작했다. 그리고 술이 취하자, 혈기 왕성한 남녀는 유혈이 낭자한 몸싸움을 했다. 오해는 말라. 말 그대로 몸싸움이다. 코피가 터진 아빠와 목에 손톱자국이 남은 엄마. 그래도 나름대로 이 시대의 지성인이었던 두 사람은 화해를 시도했다. 화해를 한답시고 술이 더 들어갔고…… 정신을 차려보니 두 사람은 모텔 침대에 나란히 누워 있었다. 우리 부모라는 사람들은 이런 얘기를 예민한 10대인 나에게 고백하며 허허 웃었다.

아마 그날 밤 모텔 침대에서 내가 생성된 것이었다면, 나는 더는 참지 못하고 집을 나갔을 것이다. 내 이름을 '주', 즉 성까지 붙여 '우주'라고 지은 기막힌 센스만으로도 무척 화가 나니까.

엄마는 여자를 손톱으로 할퀸 아빠가 새로웠고, 아빠는 제대로 된 돌려차기를 날린 엄마가 새로웠다. 그래서 '이것도 다 인연'이라고 말했다. 인연이라. 하지만 난 두 사람이 인연이 아니었다는 걸 안다. 인연이라면 평생 함께해야 하는 것 아닐까? 중간에 누구 한쪽이 사라진다면, 그게 과연 아름다운 인연일까? 엄마가 없는 지금, 아빠는 '인연'이라는 단어를 입에 올리지 않는다. 허허 웃지 않는다. 엄마 이야기도 하지 않는다. 내 존재가 아니었다면, 이 집에서 진미도 박사는 살았던 적도 없는 사람 같다.

〈스타 트렉〉.

아빠가 소파 테이블 위에 던져놓은 DVD가 눈에 띄었다. 엄마가 가장 어이없게 생각했던 TV 시리즈의 프리퀄 영화다. 그래서 차마 볼 수 없었다. 엄마가 그 영화를 보지 말라고 유언을 남긴 것도 아닌데, 과학적 오류 하나하나가 날카로운 얼음 조각이 되어 심장에 박힐 것 같았다. 엄마가 우리 곁에 있었더라면 무슨 말을 할지 아빠와 나는 다 알고 있었다. 아빠도 미루고 미루다가 칼럼 때문에 어쩔 수 없이 본 것이 분명하다. 아빠는 이걸 보면서 무슨 생각을 했을까?

DVD를 틀었다. CG가 꽤 볼 만했다. 영화는 시간을 거슬러 아주 옛날, 커크 선장의 학생 시절부터 시작되고 있었다. 나는 젊은 커크 선장을 보면서 눈을 질끈 감았다. 영화 속에서는 이렇게 자유자재로 시간을 돌릴 수 있구나. 커크는 저렇게 젊은데 우리 엄마는……

생각할 틈도 없이 휴대폰 벨이 울렸다. 따르르릉. 따르르릉. 요즘 유행인 구식 전화기 소리. 최신 유행이라서 해놓기는 했지만 들을 때마다 시끄럽다.

액정 화면에 전혀 반갑지 않은 이름이 떴다.

왕재수

"뭐야 또. 귀찮게."

전화기를 아예 소파 구석에 파묻었다. 전화벨은 맥없이 울리다가 끊겼다. 그러나 조금 뒤 다시 벨이 울렸다.

왕재수

귀찮아 정말.

"아, 왜?"

"딸, 뭐 해?"

"뭐 하든 말든. 아빠가 뭔 상관인데?"

"그냥······."

"할 말 없으면 끊어."

"잠깐만, 우주야, 오늘 그거 하는 날이거든. 녹화 좀······. 저녁 먹을 시간에나 집에 갈 것 같아서······."

"그냥 휴대폰으로 녹화하면 되잖아? 아님 나중에 다운로드 받든지."

"실험 생중계는 다시 보기도 없잖아. 그리고 그건 비디오로 소장해야······."

"요즘에 누가 비디오테이프에 녹화해? 내 친구들 중에 비디오가 뭔지 아는 애 하나도 없어!"

"그래도······."

"알았어! 끊어!"

"고마……."

아빠 말이 끝나기 전에 전화를 끊었다. 아빠 목소리는 우주 저편으로 사라져 날아갔다. 거실장 안에 나란히 꽂혀 있는 비디오테이프 수십 개를 노려보았다. 요즘 누가 비디오를 본다고. 아빠는 언제부턴가 빅뱅 실험만큼은 꼭 비디오테이프에 녹화를 해서 모았다. 익숙한 아빠 손글씨로 날짜가 적힌 비디오테이프들.

2010년 11월, 내가 태어난 그해에 스위스 제네바에서 미니 빅뱅 실험이 성공했다. 그 뒤로 세계 곳곳에서 관련 실험에 뛰어들었다. 한국도 예외는 아니었다. 중이온 가속기를 만들어 가동시킨 데 이어서 새로운 이론을 찾아내었고, 그 뒤로 정기적으로 실험을 진행시켜왔다. 또한 기초과학을 튼튼히 한다는 의미에서 본격적인 과학 채널을 만들고 빅뱅 실험을 독점 중계해왔다.

한심하다. 이 방송국은 시청률을 생각하기는 하는 건가?

하긴 아빠처럼 녹화까지 해서 챙기는 사람도 있으니, 열심히 보는 사람도 있을 것이다. 아이들에게 공부삼아 보게 하는 열혈 부모들에 대한 기사를 읽은 적도 있다. 내가 부모라면 절대로 그런 걸 보여주지 않을 것이다. 그딴 걸 보면서 세계적인 물리학자가 되어 진미도 박사처럼 불의의 사고로 일찍 죽을지도 모르니까.

비디오테이프들을 노려보다가 문득 깨달았다. 공테이프가 없잖아?

내키지는 않았지만 왕재수에게 전화를 걸었다.

"공테이프 어디 있는데?"

"아, 맞다. 다 떨어졌네."

"그럼 어쩌라고?"

"약국 아저씨한테 있을 거야. 전화해놓을 테니까 가볼래?"

"아, 싫어. 그 아저씨."

"미안해. 아빠가 미리 주문해서 사놨어야 하는데."

"몰라!"

아빠가 또 뭐라고 말하는 것 같았지만, 전화는 이미 끊긴 뒤였다. 아빠가 내 비위를 맞추며 징징대는 건 정말 듣기 싫다. 약국 아저씨한테 다녀오는 수밖에 없다.

사거리 손약국 약사 아저씨는 아빠랑 똑같은 부류의 인간이다. 빅뱅 실험 따위를 보지는 않지만, 대신 WWE를 비디오테이프에 녹화해둔다. 치고 박는 미국 프로레슬링이라니. 첨단 과학이 세상을 지배하는 시대에 그런 고전 프로그램이 존재한다는 것 자체가 웃기다. 이런 프로그램 애청자인 아저씨도 아빠 못지않게 한심하다. 두 사람은 비디오테이프 동호회에서 만나 우연히 같은 동네임을 알고 친해졌다. 요즘 시대에 비디오플레이어가 있는 것도 신기한데, 그걸 찬양하는 동호회까지 있다니. 세상 오래 살고 볼 일이다.

"아저씨."

"어? 주, 왔어? 어서 와. 오늘 방학했다며?"

약사 아저씨는 아빠 전화를 받은 것이 나에게 친한 척할 권리를 얻은 것이라도 되는 양 굴었다. 그다지 달가운 일은 아니다.

"귀여운 아가씨가 왜 이렇게 입을 꾹 다물고 있을까? 어디 안 좋은 일이라도 있어?"

웩. 귀여운 아가씨? 유치하긴. 빨리 공테이프나 달라고요.

하지만 약사 아저씨는 계속 사람 좋은 웃음을 지으며 온종일 나와 담소를 나눌 기세였다. 약사 아저씨 딸이 아주 어릴 때 사고로 죽어서 나에게 각별한 애정을 가지고 있다는 건 알고 있지만, 받아주는 것도 한두 번이지 내가 아저씨 딸은 아니지 않은가. 그래도 나는 자비를 베풀어 꾹 참았다. 다른 사람이 이랬으면 대번에 쏴붙였을 것이다.

아, 짜증 나! 그만 좀 지껄여요!

그때 구세주처럼 손님이 들어왔다. 잔뜩 얼굴을 찌푸린, 성격 안 좋아 보이는 아주머니다. 아주머니는 들어오면서부터 두통이 약사 아저씨 탓이라는 듯 짜증을 내기 시작했다. 아싸.

"어서 오세요. 또 편두통이세요?"

"이거 빨리 좀 어떻게 해줘요!"

"주야, 이거 가져가라. 또 보자."

약사 아저씨는 얼른 나에게 뭔가를 내밀고 손님에게 달려갔다.

공테이프 한 개와 막대사탕. 어휴, 내가 어린앤 줄 아나? 나는 살이 찔까 봐 사탕은 입에 대지도 않는다. 구구절절 설명했다가는 대화가 길어질까 두려워 두말없이 막대사탕을 주머니에 넣었다. 언제 한꺼번에 쓰레기통에 들어갈지는 모르지만, 이미 책상 서랍 가득 막대사탕이 자리를 차지하고 있었다.

방학 첫날부터 아빠 심부름이나 하는 신세가 되다니. 열여섯 살 여름이 이렇게 어처구니없이 시작되고 있었다. 뜨끈하게 데워진 보도블록이 내뿜는 열기가 신발을 지나 발바닥까지 전해졌다.

"씨, 왜 이렇게 더워!"

매사가 짜증 나는 일뿐이다. 해니에게 전화를 걸었지만, 역시 받지 않았다. 해니는 단짝인 나를 버리고 속 편하게 가족 여행을 떠났다.

좋아?

아무리 할머니 생신이라지만

너 어떻게 이럴 수가 있어?

나 정말 심심해

메시지를 보내고 잠깐 기다렸지만, 금세 답이 오지 않았다. 답이 올 턱이 있나? 지금쯤 호숫가에 있는 산장인지 별장인지에서 신나

게 고기라도 굽고 있을 텐데. 내가 이렇게 심심하게 지내는데 해니는 즐기고 있을 걸 생각하니 괘씸해졌다.

신호등이 바뀌길 기다리다가 결국 미른에게 전화를 걸고 말았다. 되도록 먼저 전화를 안 걸려고 했지만, 심심해서 참을 수 없었다.

"여보세요? 나야, 주."

"어. 나 지금 아르바이트 중인데."

"알아! 그걸 아는데도 내가 전화를 걸었으면 무슨 일인지 먼저 묻는 게 순서 아니야?"

"무슨 일인데?"

"심심해. 오늘 같은 날 내가 왜 심심하게 혼자 지내야 해?"

미른은 잠시 아무 말도 하지 않았다. 내 투정을 받아주려는 의지가 없어 보였다.

"알았어. 끊어!"

더 들을 것도 없이 전화를 끊었다. 처음에 미른에게 먼저 사귀자고 한 건 나지만, 나는 공주님이 되고 싶다. 해니처럼 미른도 내 시종이 되어야 하는 것이다. 여자 친구를 공주님처럼 받드는 남자 친구라니 얼마나 멋있는가.

너 알바 하는 거 아는데,

전화는 그냥 해본 거거든. 그러니까

아, 이게 아니다. 너무 구차하다. 얼른 메시지를 지우고 다시 찍었다.

야, 너 이제
연락하지 마!

메시지를 막 보내려는데 새 메시지가 왔다. 그럼 그렇지. 미른이었다.

그래. 우리는 잘 안 맞는 것 같아.

누가 머리를 후려친 느낌이었다. 정말 미른이 보낸 게 맞는지 확인해보고 메시지의 다른 속뜻이 있는지 헤아려보려 했지만, 아무리 봐도 미른이 내게 헤어지자고 한 것이었다.

신호등이 바뀌었다. 나는 뭐라고 답을 보낼 수 없었다.

"에이씨!"

이 세상에는 내 뜻대로 내가 바라는 대로 되는 일이 하나도 없다. 남자 친구도, 단짝 친구도, 엄마도 아빠도 온통 나를 괴롭히기 위해 존재하는 것 같다. 이렇게 시시껄렁한 심부름이나 하며 재미없는 여름방학을 시작하리라고는 정말 상상도 못했다. 내 계획은 단짝과 쇼핑을 하고 저녁에는 남자 친구와 멋진 데이트를 하는 거였다. 그런데 다들 내 생각은 전혀 하지 않는 눈치다. 정말 싫다. 다 싫다. 지루하다. 이러려면 차라리 엄마처럼 죽는 게 낫겠다는 생각도 든다.

금방이라도 미른이 잘못을 사과하고 매달려준다면 마지못해 받아줄 의사가 있다. 하지만 미른은 전화를 받을 때부터 내 투정을 지겨워하는 듯했다. 이미 돌이킬 수 없다는 뜻이다. 우리 반에서 가장 잘생긴 미른을 놓치는 게 아깝다. 아니, 겨우 백 일도 사귀지 못하고 차였다는 게 자존심 상한다. 이 사실이 알려진다면 미른 때문에 솟았던 내 주가가 땅으로 곤두박질칠 것이다.

미른 따위는 잊기 위해 이어폰을 꽂고 음악을 찾았다. 최근 내가 발견한 인디밴드 하늘파란 노래를 듣지 않고는 마음이 진정되지 않을 것 같다. 검색을 하다가 우연히 들어가게 된 보컬 하파의 블로그에서 발견한 노래, 〈바다〉. 머리가 어지러울 때 이 노래를 들으면 마음이 차분하게 가라앉는다.

아름다운 기타 선율과 함께 노래가 막 시작되었다.

끼이익.

아름다운 음악 대신 귀청이 떨어질 것 같은 날선 소리가 나를 뒤흔들었다. 꼭 코앞에 벼락이 친 것처럼 큰 소리가 이어폰을 뚫고 들어왔다.

"씨발, 너 미쳤어?"

욕을 듣고 나서야, 내가 아직 횡단보도 한가운데 서 있다는 걸 깨달았다. 그새 보행 신호는 빨간불로 바뀌어 있었고, 지저분한 차에서 나온 험상궂은 아저씨 머리가 나를 노려보고 있었다. 꼭 〈혹성탈출〉에 나오는 원숭이처럼 얼굴에 털이 많았다.

"죄, 죄송……."

"차 안 보여? 소리 안 들려? 눈귀가 없냐? 미친년."

내가 뭐라고 할 새도 없이 쓰레기 같은 말만 남기고 차가 떠났다. 뒤늦게 기분이 나빠졌다. 뭐? 내가 미쳐? 원숭이같이 생긴 게. 자기도 앞을 똑바로 봤으면 이런 일 없잖아?

"아, 재수 없어."

아직도 가슴이 벌렁벌렁했다. 귓가에까지 쿵쾅대는 소리가 울렸다. 죽었어도 상관없어. 어차피 그래도 상관없다고 생각했잖아. 마음과 달리 창피하게 눈물이 핑 돌고 마음이 진정되지 않았다. 귓가에서 〈바다〉가 울려 퍼졌지만 소용없었다. 엄마 유품인 달팽이 반지를 매만졌다. 엄마가 늘 매만져서 달팽이 모양 돌 표면이 닳아 있었다. 엄마는 늘 반지를 매만지며 말했다.

"이 돌은 내 행운의 돌이야."

영화를 보면서도 과학적 오류를 찾는 엄마와는 어울리지 않는 대사였다. 달팽이 모양 돌은 우주에서 날아온 원석이라는 배경 설명이 없다면 그저 평범한 돌 같다. 다만 엄마가 매만져서 반들반들해진 표면이 마치 내 손끝으로 길이 든 것처럼 익숙하고 부드러워 기분이 좋아졌다.

"에이씨."

이게 다 아빠 때문이다. 미른 때문이다. 아니, 그놈의 실험 때문이다.

공테이프는 낡은 비디오비전에서 열심히 돌아가며 실험 중계를 녹화했다. 비디오비전은 늘 엄마 연구실에 있었다. 엄마가 며칠씩 먹고 자고 연구를 하는 공간. 어려운 책과 컴퓨터, 이상한 박스들과 실험. 엄마는 개인 연구실에서 하는 실험을 꼭 비디오로 찍어서 보관한다는 철칙이 있었다. 테이프가 늘어지고 잘리는 위험이 있고, 필요한 부분을 즉각 찾아볼 수 없어도 그게 좋다고 했다.

원래 아빠는 엄마가 비디오카메라를 사용하는 걸 이해하지 못했다. 이성적인 현대 사람이라면 누구나 그럴 것이다. 디지털로 찍어 파일로 보관하면 될 일이니까. 엄마는 마치 미래로 나아가는 자기 직업이 지겹다는 듯이 옛날 사람들이나 쓰던 고물을 쓰겠다고 고집을 부렸다.

사실은 나도 안다. 아빠가 엄마와 바통 터치하듯 관심도 없던 빅뱅 실험을 비디오테이프에 녹화하는 이유를. 아빠는 엄마를 그런 식으로 기렸다. 고물을 쓴다고 타박했던 것에 대한 미안함과 후회. 엄마와 더 열렬히 사랑하지 못한 후회.

해니는 이런 우리 아빠가 애틋하고 로맨틱하다고 하지만, 나는 싫다. 그런 궁상맞은 짓을 한다고 해서 엄마가 돌아오는 것도 아니다.

지하에 있는 연구실은 특이하게도 부엌이 곁에 달려 있다. 부엌이 연구실에 달려 있다고 해야 하나? 지하에 있는 부엌 옆에 투명한 특수 유리로 벽을 설계하여 연구실 안이 훤히 들여다보인다. 부엌 앞 식탁에 앉아 실험하는 엄마를 구경할 수 있는 시각적으로는 열린 공간이었지만, 문만은 비밀번호로 잠겨 엄마만 드나들 수 있었다. 지금은 꺼놨지만, 예기치 못할 위험을 대비하여 안과 밖에는 각각 비상 단추가 있었다. 어렸을 때부터 그 단추만은 절대로 눌러서는 안 된다고 교육을 받아왔다. 엄마는 말 안 해주었지만, 나는 단추의 정체를 알고 있었다. 감염 등 피해가 확산될 위험이 있을 시에 연구실 안 모든 것을 소각하여 파괴하는 단추다. 연구자도 소각되는 대상이 될 수 있다.

상상만 해도 끔찍한 비상 단추의 존재만 아니라면 작은 연구실은 요리 실습실이란 착각도 든다. 그리고 보면 엄마는 요리도 실험처럼 했다. 가끔 엄마가 만든 음식은 먹기 곤욕스러운 적도 많았는데, 그럴 때마다 아빠와 나는 진미도 박사의 실험 대상이 된 기분을 느끼곤 했다.

그래도 이런 식으로라도 밥을 같이 먹지 않으면 엄마 얼굴을 보기 힘들었다.

밥은 가족이 모여 함께!

우리 집 유일한 규칙이다. 그래서 나는 같이 있기만 해도 불편하고 참기 힘든 아빠와 아직도 얼굴을 마주하고 밥을 먹는다.

"이제 곧 실험이 시작되겠습니다."

텔레비전 속 사회자가 조금은 심드렁한 얼굴로 말했다. 그래. 이딴 중계를 하게 되어 얼마나 심심하겠어? 처음이야 빅뱅 실험을 하면 세상이 뒤집히느니, 새로운 우주가 나타나 큰 혼란이 오느니 말이 많았지, 지금은 의례적인 행사처럼 여겨지지 않는가. 흥미로울 것 하나 없는 실험. 새로운 입자가 발견되었다느니, 쿼크가 어떻고 전자기력이 어쩌고…… 정작 우리 같은 평범한 사람들은 알지도 못하고, 관심도 없는 일이다.

나는 연구실 자동문이 닫히지 못하게 슬리퍼 한 짝을 끼워두었다. 문이 닫히면 비디오비전에서 나는 소리가 안 들리기 때문이다. 이어서 엄마 반지를 빼 조리대 겸 실험대 위에 잘 올려두고 팔을 걷어붙였다. 아빠가 늦는다고 했으니 어쩔 수 없이 내가 저녁 식사를 차려야 한다. 인스턴트 햄버그스테이크를 데워서 간단히 먹고 싶지만, 아빠는 그걸 못 먹는다. 예전에 먹다가 심하게 체한 뒤로 봉지에 찍힌 조리 예 사진만 봐도 구역질을 한다. 참 이래저래 귀찮고 까다로운 인간이다.

귀찮지만, 파스타를 만들기로 했다.

오일과 소금을 조금 넣은 물을 전자레인지 위에 올려놓고, 양송이버섯을 썰기 시작했다. 이건 내가 유일하게 잘 만드는 요리다. 물론 귀찮으니까 시중에서 파는 파스타 소스를 이용한다. 버섯을 듬뿍 넣고 바질을 뿌려 향기가 좋은 우주표 파스타, 스파게티를 두 줌 집어 2인분을 가늠해 냄비 안에 넣는데, 또 전화벨이 울렸다.

왕재수

"아, 진짜. 왜?"

휴대폰을 들자마자 소리를 버럭 내질렀다. 동시에 전화기 옆에 놓여 있던 달팽이 반지가 밑으로 툭 떨어져 어디론가 대구루루 굴러갔다.

"주야, 아빠 지금 거의 다 왔어."

"그럼 들어오면 되지 왜 전화야? 끊어."

반지는 연구실의 조금 열린 문틈으로 굴러 들어가 이상한 기계들이 놓인 책상 구석에 가 있었다. 하필 저기까지 굴러갈 게 뭐람. 문을 열고 들어가 허리를 숙였다. 팔을 뻗어도 아슬아슬하게 닿지 않았다.

"에이, 귀찮아."

책상 밑으로 기어 들어갔다. 차가운 철제 책상에 팔이 닿자 오스스 소름이 돋았다.

"예. 이제 3초 뒤면 실험이 시작됩니다. 3⋯⋯."

애써 활기를 되찾은 사회자가 카운트다운을 시작했다. 이런 중계나 하는 자기 처지를 결국 받아들이기로 한 모양이다.

"2!"

반지에 겨우 손이 닿았다.

"1!"

펑!

눈앞이 새하얘졌다.

2

우리들이 변하기 때문에
볼 때마다 다르게 보이는 거요.
- 〈12 몽키즈〉(1995)

무슨 일인가 일어난 게 분명하다. 하지만 정신을 차려보니 아무 일도 없었다. 나는 방금 전처럼 책상 밑에 엎드려 있었다. 그 섬광은 뭐였지? 아무것도 안 보일 정도로 밝은 빛이었다.

"아야!"

놀라 일어서려다가 책상에 머리를 박았다. 0.5초의 간격을 두고 머리가 찌르르 아파왔다. 이럴 때가 아니다. 혹시 고물 비디오비전이 결국 터져버린 걸까? 아니면 전기 핫플레이트가?

파스타를 올려둔 냄비부터 살폈다. 전자레인지는 멀쩡했다. 다만 위가 허전했다.

"어?"

냄비가 보이지 않았다. 놀라 가까이 가보니 심지어 전자레인지 전원도 켜 있지 않았다. 내가 썰어둔 양송이버섯도 사라졌다. 떨어지거나 흩어진 흔적도 없었다. 부엌 조리대는 원래 요리를 시작한 적이 없다는 듯 깨끗이 잘 정돈되어 있었다.

귀신에 홀렸나? 아니면 내가 시간 여행이라도 한 건가? 휴대폰 시계가 7시 5분을 지나 6분으로 바뀌었다. 좀 전에 몇 시였지? 참, 비디오 녹화는?

비디오테이프는 잘 돌아가며 열심히 녹화를 하고 있었다.

"예, 지금 실험이 시작되었는데요, 박사님, 이 과정에서……."

실험을 주관하는 과학자 인터뷰가 이어졌다. 좀 아까 밝은 빛은 내 착각이었을까?

"어? 있었네?"

"아, 깜짝이야!"

인기척도 없이 아빠가 쓱 들어왔다.

"놀랐잖아!"

"내가 더 놀랐다. 방학했다고 놀러 갈 줄 알았더니 벌써 온 거야? 집에 아무도 없는 줄 알았더니."

"비디오 녹화해놓으라며!"

"무슨 소리야? 예약 녹화해놓고 갔는데?"

"아빠야말로 뭔 말이야? 공테이프 없어서 내가 약국까지 갔다가 왔잖아!"

아빠가 웬일로 허허 웃었다.

"우리 딸, 방학하더니 정신이 없구나? 약국에서 공테이프를 팔아? 아, 혹시 그거 새로 나온 유머냐?"

"뭔 소리야!"

"아유, 배고파. 집에 뭐 먹을 거 없나?"

아빠가 미쳤나 보다. 아까 나랑 통화했던 건 다 잊었나? 마감이다 뭐다 스트레스를 받아서 혼이 쑥 빠졌나? 뭐가 그렇게 좋은지 싱글싱글 웃는 것도 평소와 다르다. 엄마가 가버린 뒤로 저런 얼굴은 본 적이 없다.

더 놀라운 일은 다음에 일어났다. 아빠가 부엌 찬장에서 즉석 햄버그스테이크를 꺼낸 것이다.

"이걸로 저녁 때우자. 괜찮지?"

"진짜? 그걸 먹겠다고?"

"왜? 너도 이거 좋아하잖아. 그럼 나가서 뭐 사 먹을까?"

"됐어."

더 할 말이 없었다. 마치 한 번도 싫어한 적이 없다는 듯이 말하는 사람에게 뭐라고 할까. 새로운 농담인가 싶어서 나는 그냥 식탁 앞에 앉아 아빠를 지켜봤다. 아빠는 능숙한 솜씨로 즉석요리를 데우고 넓은 접시에 덜어내어 보기에는 그럴듯한 식사를 만들어냈다. 나를 놀리기 위해 하는 장난이라면 여기까지다. 저걸 먹을 수 있을 리 없다.

"아유, 배고프다. 오늘 영화제 취재 다녀왔거든. 저녁 먹기 전에 오려고 열심히 뛰었지."

아빠는 나이프로 고기를 커다랗게 썰어 입에 넣고 맛있게 먹었다. 두려운 생각이 엄습했다. 아빠가 이상해진 것이다. 우울증이 심각해져서 정신이 이상해진 사람 이야기를 언뜻 들은 것도 같다. 나는 넌지시 물었다.

"왜 일찍 왔는데?"

"혼자 있을 우리 딸 생각해서 그랬지. 엄마도 없는데."

"뭐?"

정말 입이 떡 벌어졌다. 아빠가 엄마 없다는 말을 아무렇지도 않게 할 수 있다니 놀라웠다. 이제 고작 2년이다. 나는 엄마라는 말을 입에 올리기만 해도 눈물이 나는데, 아빠는 이제 아무렇지도 않은 건가. 아니면 정말 내 짐작대로 아빠가 병이 든 걸까.

"입맛 없어? 그냥 피자 시켜 먹을 걸 그랬나?"

아빠는 내 눈을 마주치려고 들었다. 참을 수가 없어 포크를 내려놓았다.

"배 안 고파. 들어가서 잘래."

"벌써?"

뒤도 안 보고 내 방으로 갔다. 2층에는 다른 방 없이 내 방만 있어서 좋다. 내 방을 보자마자 마음이 한결 나아졌지만, 부러 있는 힘껏 문을 꽝 닫았다. 방문이 떨어져 나갈 것처럼 요란한 소리를 냈다. 아빠가 들었을까? 연구실 안에 들어가 있지만 않다면 분명 내 화를 들었을 것이다. 그리고 상처 받은 딸을 위해 적절한 대처법을 찾느라 아무것도 입에 넣지 못할 것이다. 내가 의도한 바다.

여름 해가 뒤늦게 뉘엿뉘엿 지고 있었다. 내 방이 붉은빛으로 물들었다. 방이 낯설어 보였다. 색뿐만 아니라 뭔가. 뭔가 허전한 게 내 방 같지가 않았다. 아빠가 나 모르는 사이에 청소라도 한 건가? 오늘은 도우미 아주머니 오는 날도 아닌데?

"악!"

없었다. 내가 만든 테디 베어. 장식장을 채우고 있어야 할 내 곰돌이들이 다 사라졌다.

"아빠!"

"왜? 무슨 일이야?"

아빠가 올라왔다. 나를 걱정하고 있을 거라는 예상과 달리 입가에 햄버그 소스가 묻어 있었다.

"아빠가 치웠어?"

"뭘?"

"내 테디들!"

"어? 그게 뭔데?"

아빠가 시치미를 뗐다. 나 몰래 인형을 치울 이유는 없지만, 테디 베어 자체를 모른다고 잡아떼는 게 이상하기만 했다.

"아빠가 안 그랬어?"

"당연하지! 그런 게 있었는지도 몰랐는데."

아빠는 억울한 표정을 지었다. 진심으로 보였다. 아무리 생각해도 멀쩡한 내 곰돌이들을 치울 이유가 없었다. 그런데 왜 있었는지도 모른다고 거짓말을 하는 걸까.

"알았어. 내가 더 찾아볼게."

"그래. 뭔지는 모르지만 찾길 바란다."

아빠가 입맛을 다시며 계단을 뛰어 내려갔다. 진심으로 햄버그 스테이크를 좋아하는 사람 같았다. 사람이 죽을 때가 되면 달라진다는 말이 있다. 그러나 아빠는 엄마가 죽은 뒤 더 열심히 관리를 하여 정기적으로 검사를 받고 있다. 치매나 유사 질병 또한 미리 알 수 있는 시대니까, 그런 병에 걸릴 가능성이 있었다면 아빠가 미리 경고를 안 했을 리 없다. 이런 식으로 병을 알릴 리는 없다.

만약 아빠까지 죽으면 어떻게 할까? 캐나다에 있는 할아버지에게 가야 하는 걸까? 아니면 제주도에 있는 외할아버지, 외할머니? 나는 불투명한 미래를 걱정하며 한숨을 내쉬었다. 미성년자라는 틀만 벗어나면, 당장 혼자 살고 싶다. 아니 지금 당장이라도 혼자 살고 싶다. 경제적으로 어렵겠지만, 적어도 자유는 찾을 수 있을 테니까. 그렇게 자유를 누리다가 훌쩍 이 세상을 떠나고 싶다.

원래 없던 자유 대신 테디 베어를 찾아보려고 일어서는데, 전화벨이 울렸다. 해니였다.

"야! 전화랑 메시지도 다 씹고, 거기가 그렇게 좋아?"

"미안 미안. 전화기 가방에 넣어두고 나갔다 왔거든. 어른들이랑 있어서 전화할 시간이 없었어."

역시 공주인 이 우주 옆에는 시녀 윤해니가 딱 맞다. 비위를 맞춰줄 시녀가 없어서 내가 이렇게 힘이 빠지고 우울한 것이다.

"언제 오는데? 빨리 와."

"모레 갈 거야. 나 없어서 심심해?"

"그래. 아니, 심심하기보다 이상한 일투성이야. 뭔가 이상해. 아빠도 다른 사람이 된 것 같고. 아냐, 내가 이상한 걸지도 몰라. 설명하긴 어렵지만 내가 뭔가 기억상실증에 걸린 것 같기도 하고, 아깐 부엌에서 파스타를 삶았는데……."

한창 말하려는데, 전화기 너머에서 해니 엄마가 해니를 부르는 소리가 들렸다. 해니는 평소와는 다른 발랄한 목소리로 곧 간다고 대답했다. 가족 여행이 제법 즐거운 모양이었다. 시끌벅적하고 즐거운 기운이 여기까지 느껴져 조금 질투가 났다.

"주야, 내가 내일 다시 전화할게."

"아, 뭐야. 알았어."

하릴없이 전화를 끊어야 했다. 뒤늦게 미른과의 일을 얘기하지 않은 게 떠올랐지만 차라리 말 안 한 게 잘한 일이었다. 즐거움 속에 있는 해니 앞에서 더 비참해지고 싶지 않았다. 우울하다. 정말.

궁금하지만 이제 죽어도 미른에게 먼저 연락을 해볼 수 없다. 매달리는 건 내 자존심이 허락하지 않는다. 만약 차인 걸로 모자라 매달리기까지 한 게 소문이 나면 혀 깨물고 죽고 싶을 것이다, 정말.

보이지 않는 세력이 내 일거수일투족을 감시하며 방해하고 있는 것 같다. 그래, 아까 미른이 나에게 그런 식으로 메시지를 보낸 일부터 시작이었다. 차에 치일 뻔한 것도 재수 없고, 펑 소리와 함께 이상한 일이 생긴 것도 문제다. 평소에는 안 하던 심부름을 한 것부터가 잘못이다. 그냥 집에 가만히 있었으면 이런 일이 없었을 것이다.

악, 머리 아프다. 갑자기 다른 사람이 된 아빠……. 마술같이 치워진 부엌. 사라진 곰 인형들. 도대체 뭐가 잘못된 거지?

책상 앞에 앉아 낙서를 시작했다. 머릿속이 복잡할 때는 낙서하는 게 최고다.

1. 아빠가 냄새도 못 맡던 햄버그스테이크를 먹다니!

2. 내가 만든 곰 인형들은 어디로?

3. 내 방이 아닌 것만 같아.

4. 펑! 하더니 이상한 빛이 번쩍!

5. 삶던 파스타가 사라졌다. 아니 처음부터 요리를 하지 않은 듯?

여기서 시간상으로 가장 먼저 일어난 일은 4번이다. 4번에 동그라미를 쳤다. 아니다. 1, 2, 3번이 먼저일 수도 있겠다. 내가 모르는 사이에 아빠는 햄버그스테이크를 먹을 수 있게 되었고, 부엌에 내려가기 전에는 분명 있던 곰 인형을 그사이에 누군가 훔쳐 갔을 수도 있다. 나는 1, 2, 3번에는 세모 표시를 했다. 그래도 아무리 생각해도 가장 수상한 것은 역시 그 빛이다. 나는 연습장 위에 무한대 기호를 그렸다. 뫼비우스의 띠처럼 무엇이 먼저이고 무엇이 나중인지 알 수 없었다. 이 모든 이상한 일이 어떤 식으로든 연관이 있긴 있는 걸까?

"악, 몰라!"

낙서 위로 무한대 기호를 수없이 그려나갔다. 조금 뒤 검은 선이 고스란히 글자를 덮어 글자를 알아보기 힘들어졌다. 한 페이지 가득 복잡한 낙서들. 간신히 한쪽 구석 빈칸을 찾아 작게 적었다.

혹시 내가 미쳤나?

아무래도 내 머리가 이상해진 게 분명하다. 세상이 돌아버렸다고 믿는 것보다는 나 하나가 돌았다고 믿는 게 차라리 나았다.

3

전부 원래대로 되돌릴 방법을 알아야 한다고요.
– 〈나비효과〉(2004)

밤새 잠을 못 자다가 새벽에 겨우 잠들어 악몽만 내리 스물세 편 가량 꾸었다. 누군가에게 쫓기기도 하고, 절벽에서 떨어지고, 위험을 피해야 하는데 몸이 잘 안 움직이기도 하고, 안개 속에 갇히기도 하고, 실체를 알 수 없는 어둠 속 괴물과 싸우기도 하고, 모든 내 지인들이 적으로 변해 나를 따돌리기도 했다. 그리고 내리치는 천둥 번개를 피해 들판을 가로지르기도 하고, 거대한 쥐 떼를 만났으며, 아주 중요한 약속에 늦잠을 자는 바람에 지각을 하기도 했다. 그리고 등등등……. 어떻게 그럴 수 있는지 모르지만, 나는 하룻밤 사이에 세상만사를 다 경험하고 온 기분에 휩싸였다.

현실적으로도 그와 비슷한 상황이긴 하다. 나에게 괴이한 일이 일어났으니 말이다.

어젯밤, 결론을 내고도 쉽게 잠이 오지 않았다. 물론 그런 결론을 내고 편히 잘 사람은 없을 것이다. 그것조차 명확한 결론이 아니었으니 자꾸 찜찜하고 뒤숭숭했다.

뒤척이다 보니 새벽 2시가 되었고, 결국 나는 이불을 박차고 일어나 수색에 나섰다. 단서가 될 만한 게 내 방 어딘가에 숨어 있을 것만 같았다.

그리고 책상 서랍 안에 있던 내 지갑에서 학생증을 발견했다. 난데없는 체육중학교 학생증을. 나와 똑같이 생긴 여자애 사진이 학생증 안에 똑똑히 박혀 있었다. 이름도 내 이름이었다. 우주라는 이름이 그리 흔한 이름도 아닌데 얼굴까지 비슷한 애 학생증이 우연히 내 방에 떨어졌을 리 없다. 나는 미친 듯이 책상 서랍을 빼서 뒤집었다. 웬 메달이 나왔다. 유치원 때 어린이 미술대회에 나가 탄 입선 메달밖에 없던 내가 그럴듯한 진짜 메달을 가지고 있다니. 청소년 육상 선수권 대회 110미터 허들 준우승. 놀랍게도 난 육상, 그것도 한 번도 해본 적이 없는 허들이라는 종목의 선수였다.

난 기가 차서 웃다가 다시 침대에 벌러덩 드러누워 악몽 퍼레이드를 꾸었다. 그런데 더 끔찍한 악몽은, 이게 꿈이 아니라는 진실이었다. 아침이 되어도 학생증에는 체육중학교라고 쓰여 있었고, 내 테디 베어들은 다시 '뿅' 하고 나타나주지 않았다.

난 100미터를 23초에 주파하는 형편없는 실력을 가졌다. 오래 매달리기나 윗몸일으키기 같은 건 중간은 가지만, 다른 운동은 반에서 거의 꼴찌를 맡아놓고 있다. 내가 가장 싫어하는 것은 운동, 앞으로 싫어할 것도 운동이다. 좋아하는 건 집 안에서 뒹굴뒹굴 놀며 게으름 피우기다. 그런 내가 그냥 달리기도 아닌 허들 선수라는 건 누가 봐도 웃을 일 아닌가.

내가 생각해도 웃음이 나왔다. 하지만 곧 두려워졌다. 웃을 일이 아니다. 지금 내가 처한 상황은 아주 심각한 상황이다. 나도 모르게 많은 것이 변한 것이다. 내가 이상해진 게 아니라는 건 무척 다행이었지만, 대신 이 세상이 통째로 이상해졌다. 그걸 되돌릴 방법을 모른다는 정말 답답한 상황인 것이다.

불안한 마음을 진정시키고자 휴대폰에서 '하늘파란'의 〈바다〉를 찾아 들었다. 철썩철썩 작은 파도 소리가 배경으로 깔리고, 그 위에 건반과 기타가 얹어져 아름다운 화음을 낸다. 눈을 감으면 눈앞에 찬란한 햇빛 아래 잔잔한 바다가 펼쳐진다. 그리고 청량하면서도 달콤한 하파의 목소리. 갑자기 하파가 쓴 글을 읽고 싶어졌다. 날마다 하파는 블로그에 단상을 올리곤 한다. 때때로 아주 짧은 글이었지만, 내 마음에는 오래도록 남았다.

오늘은 한껏 숨을 들이켜 바람을 마셨어,

고마워.

비가 내린다.

눈물도 내린다.

아침에 먹는 시원한 물

참 좋아해.

일상에서 나온, 별것도 아닌 짧은 글들을 나는 외울 만큼 좋아했다.

"주, 일어났니?"

아래층에서 아빠 목소리가 들려왔다. 가까운 곳에서 들리는 걸로 봐서는 지하가 아니고 바로 아래 거실에 있는 듯했다. 금방이라도 내 방에 올라올까 봐 하파의 블로그에 접속할 틈도 없이 일어섰다. 새벽에 서랍을 죄다 뒤적여 쏟아낸 탓에 방 안이 난장판이었다.

"으, 응. 내가 내려갈게."

아빠를 어떻게 대해야 할지 생각하며 거실로 내려갔다. 아빠는 거실 소파에서 태블릿PC를 들여다보고 있었다.

"방학인데도 일찍 일어났네? 오늘 연습 있어?"

"어? 무슨 연습?"

"곧 경기 있다며?"

경기? 아, 허들 경기 말이구나? 그럼 연습은 운동장에 모여서 하는 달리기 연습 같은 거겠지?

"으, 응. 오늘은 안 해. 그냥 일찍 일어났어."

"그래? 그럼 아침 먹자. 오늘 취재할 게 있어서 일찍 나가봐야 해."

아빠는 다시 PC로 눈을 돌렸다. 늘 그렇듯 오늘의 사건 사고를 보고 있는 것이다. 뉴스가 그렇게 재미있나? 만날 재미없고 우울한 사건 사고뿐인데.

"저기 아빠……. 나 언제부터 운동했더라?"

"응?"

"갑자기 기억이 잘 안 나네."

"왜 그런 걸 물어봐?"

"어? 그, 그냥."

아빠는 한참 내 얼굴을 봤지만, 곧 다시 PC로 눈을 돌렸다. 그러고는 심드렁한 표정으로 입을 열었다.

"아마 너 그때 자전거 사고 난 뒤였지?"

자전거 사고?

"아! 나 아홉 살 때?"

그 사건은 아직도 나에게 생생한 기억으로 남아 있다. 큰 사고는 아니었지만, 어린 나에게는 꽤나 충격적이고 무서웠던 기억이기 때문이다.

두발자전거를 배운 지 얼마 되지 않았을 때였다. 자전거 도로에서 마주 오는 사람을 피하려다가 찻길로 넘어졌고, 나는 다리가 부러졌다. 같이 있던 해니가 일으켜 세워보려 했지만, 내 몸집이 더 커서 역부족이었고, 결국 해니는 울면서 어른을 부르러 뛰어갔다. 워낙 한적한 길이라 도로로 차가 달리지 않았지만, 어린 나는 찻길에 주저앉아 언제 올지 모르는 차 때문에 겁에 질렸다. 몸을 일으키려고 했을 때 다리에서부터 전해오던 찌릿한 고통. 이대로 엄마 아빠, 해니를 다시는 못 볼지도 모른다는 공포. 끊임없이 나오던 눈물의 축축함. 해니가 아빠를 데려올 때까지 10분은 내 생애 최고의 공포 순간이었다.

"그때 너 재활 치료 받더니 운동이 재미있다고 했던 거 기억 안 나?"

"재, 재미? 내가?"

"그래. 처음에는 간단한 운동기구를 사달라고 하더니, 수영을 배우겠다고 하질 않나, 태권도를 배운다고 도장에 보내달라고 하고."

"아, 그랬지. 맞아. 그랬……던 거 같아."

사실은 정반대다. 나는 재활 치료가 지긋지긋했고, 엄마 아빠가 극성이라고 생각했다. 해니도 팔이 부러진 적이 있었는데, 재활 치료 병원 같은 데는 다니지 않았기 때문이다. 엄마는 과학자면서 의사인 것처럼 의학적 소견을 밝혔다. 지금 완벽히 치료하지 않으면

뼈가 바로 자랄 수 없을지도 모른다고. 성장기 아이는 더 조심해야 한다고. 아빠는 이 의견에 적극 동의하며 나에게 운동을 강요했다.

자전거에 대한 공포와 운동에 대한 지루함을 깨달은 나는 그 뒤로 집 밖에서 노는 일이 없었다. 자전거를 타고 싶다가도 혹시 또 그런 사고를 당할까 봐 걱정이 앞섰다. 지긋지긋한 치료 기간은 상상만 해도 견디기 힘들었다. 뭔가를 손으로 만드는 일에 관심이 간 것도 그즈음이다. 많은 애들과 어울리지 않고 집 안에서 해니와 놀 수 있는 일이 많지 않았다. 처음에는 해니 엄마가 가르쳐준 십자수를 했고, 고학년이 되면서 테디 베어 만들기를 배웠으며, 뜨개질과 종이접기, 미술에 취미를 붙였다. 무서운 기억을 지우려는 듯, 위험에서 나를 보호하려는 듯 필사적이었다.

다르다.

마치 아빠가 아는 우주는 다른 사람 같다. 나와 같은 상황을 겪었지만, 다르게 생각하고 느낀 사람. 다른 선택을 한 사람. 꼭 선택지에 따라 인생이 바뀌는 것처럼 또 다른 내가 존재하는 기분이다.

"아!"

"왜 그래?"

아빠가 눈을 동그랗게 떴다. 심장이 두근두근 뛰었다. 뛰다 못해 튀어나올 듯 귓가에까지 울렸다. 방금 중요한 걸 깨달았다. 어쩌면 그런 것이다. 영화 〈나비효과〉에 나오듯이 뭔가 선택함으로 다른 상황이 따라오고 나는 다른 선택의 결과를 살아가고 있고. 역시 그런 건가? 내가 특별한 능력을 지니고 있어서 이런 상황을 초래한 것일까? 현실을 비틀어 달라지게 만든 걸까?

"왜? 우주야. 무슨 문제 있어? 왜 그래?"

아빠가 뚫어져라 보던 PC를 치우고 일어섰다. 나는 머릿속이 복잡했다.

"아빠, 〈나비효과〉라는 영화 있잖아?"

"응? 그건 왜?"

"거기서 어떻게 과거로 돌아간 거지?"

"갑자기 그건 왜? 일기장이던가? 편지?"

"맞아! 뭘 읽었지?"

"일기장이다. 자기가 썼던 걸 읽어보잖아. 그건 왜?"

"아무것도 아니야."

곰곰이 생각해봤지만, 어제 일기장은커녕 그 비슷한 것도 보지 않았다. 온종일 활자라고는 들어온 휴대폰 메시지를 확인한 것밖에 없었다. 어휴, 〈나비효과〉 같은 일이 진짜 일어날 리가 없지.

문득 고개를 드니 아빠가 아직도 어리둥절한 얼굴로 나를 보고 있었다. 나는 아빠 관심을 다시 PC로 돌리고 싶었다.

"오늘 뉴스 뭐 있는데, 그렇게 열심히 봤어?"

"연쇄 살인이 또 일어났대."

"연쇄 살인?"

"지난주에도 어떤 남자가 죽었잖아. 이번에는 갓난아기래. 범행 방법은 유사한데, 피해자들 사이에 일치하는 정보나 관계가 없다 이거지. 꼭 취미 삼아 죽이는 것처럼. 그럼 결론은 뭐냐."

"사이코패스?"

"그렇지. 너도 조심해. 밤늦게 다니지 말고…….'"

아빠 잔소리 발동 조짐이다. 사소한 것 하나까지 다 지적할 것이다.

"참, 나 약속 있는데. 나갈 준비나 해야겠다."

아빠가 뭐라고 하는 소리가 들렸지만, 이번에도 조용히 귀를 막았다. 아무래도 아빠는 햄버그스테이크 말고 달라진 구석이 그다지 없는 것처럼 보였다.

집을 나서며 미른에게 전화를 걸까 말까 백 번은 망설였지만, 결국 걸지 못했다. 내 자존심이 허락하지 않았다. 아무리 상의할 상대가 필요하다고 하여도.

잘생긴 미른 얼굴이 눈앞에 아른거렸다. 잘생긴 남자 친구를 얻기란 쉬운 일이 아니었다. 수많은 아이들이 미른이 전학을 오자마자 눈독을 들였지만, 내가 가장 먼저 말을 꺼내 사귀게 되었다. 한마디로 용기를 내서 쟁취한 남자 친구였다. 이대로 헤어질 수는 없다. 우리 학교 여자애들 사이에서 나는 선망과 질투의 대상인데,

헤어지는 건 그 애들에게 기쁨을 안겨줄 뿐이다. 학교뿐만 아니라 길거리에서도 미른과 있으면 나까지 빛이 나는 것 같았다. 모두 나를 부러워하고 내 능력에 감탄하는 듯했다. 레벨 업! 내 가치가 드높아진 기분이 들었다.

그런데 백 일도 못 채우고 차였다는 소문이 나면, 온갖 비웃음을 다 당할 것이다. 그동안 나를 부러워하면서 시샘하던 아이들이 부풀린 소문을 퍼뜨릴 것이고, 내 가치는 하루아침에 바닥으로 떨어질 터였다.

그럼 그렇지.

그럴 줄 알았어. 정말 안 어울렸거든.

그런 소리를 들을 수는 없다. 나도 제법 인기가 있는 편이다. 한 번의 실패로 무너질 수는 없다.

터덜터덜 걷다 보니 어느새 사거리 약국 앞이었다. 약국 아저씨가 유치원생 정도로 보이는 여자아이 손님과 얘기를 하고 있는 게 보였다. 쯧쯧. 또 자기 딸이 생각나서 그런 거겠지? 할 일도 없고 심심하니까 인심이나 쓸 요량으로 약국에 들어섰다. 약국 아저씨가 주는 막대사탕을 마지못해 받아주기 위해서.

"어서 오세요!"

"아빠, 나 사탕."

내가 들어감과 거의 동시에 여자아이가 발랄하게 외쳤다. 아, 빠? 나를 지칭하는 것 같진 않고, 설마.

"저, 아저씨……. 반창고 좀……."

"예, 여기 있습니다. 이거 새로 나온 건데 접착 지속력이 좋아요."

약국 아저씨는 친절하지만, 깍듯이 말했다. 사탕도 내밀지 않았다. 마치 모르는 사람을 대하듯 굴었다. 손님 이상도 이하도 아닌. 대신 아저씨는 여자아이를 다정한 눈길로 바라봤다.

"아저씨, 얘는 누구예요?"

"제 딸이오. 귀엽죠? 아림아, 언니한테 사탕 하나 줄까?"

"시러어!"

죽었다는 딸의 등장에 어안이 벙벙했다.

"왜? 언니 예쁘잖아. 그러니까 하나 나눠 주자."

"응…… 그러면……."

아림이는 손에 쥔 사탕을 고르며 고민하더니 가장 맛없게 생긴 파란색 사탕을 내밀었다. 얄밉고 여우같이 생긴 계집애다.

"됐어. 너나 먹어."

나는 반창고도 안 들고 휙 뒤돌아 약국을 빠져나왔다. 약국 아저씨 딸이 살아 있다고? 내가 체육중학교에 다니는 판에 이상할 것도 없는 일이다.

게다가 살아 있다는 건 정말 좋은 일이었다. 이제 아저씨가 날

귀찮게 할 일이 없으니, 나에게도 좋은 일이다. 좋아할 만한 일이다. 그런데, 왜 이리 기분이 안 좋지? 아저씨가 날 모르는 것 같아서 그런가? 이 세상이 왜 이렇게 엉망진창이 된 거야?

걷고 걷다가 더는 걸어갈 곳이 없어 다시 집으로 돌아갔다. 조금 열린 서재 문으로 아빠 목소리가 새어 나왔다. 살짝 들여다보니 전화 통화를 하는 중이었다.

"뭐해? 빨리 와. 보고 싶어."

말끝이 달콤했다. 아빠 입에서 저런 말이 나오는 걸 들은 적이 언제던가. 아주 다정하고 간절함이 깃든 목소리. 그새 애인이 생긴 걸까? 그런 눈치는 전혀 없었는데? 영화 관계자? 회사 사람?

배신자.

분노가 치밀었다. 아빠는 새 인연을 만났다. 역시 엄마와 아빠는 인연이 아니었다는 걸 증명하는 것 같았다. 내 부모는 잘못된 조합이었다. 나란 아이가 그런 잘못된 조합으로 인해 생겨난 오류라는 게 다시 가슴에 와 박혔다.

엄마가 가버린 지 불과 2년이다. 언제였을까. 아빠에게 애인이 생긴 것이.

너무하다. 가혹하다. 엄마와 나 둘 다에게.

발소리를 쿵쿵 내며 방으로 뛰어 올라갔다. 침대에 엎드리니까 그제야 눈물이 쏟아졌다. 나도 죽은 사람이 된 기분이다. 엄마가 갑자기 미친 듯이 보고 싶었다.

"엄마아아."

어린아이처럼 엎드려 엉엉 울었다.

엄마가 사라지던 그날이 자꾸 떠올랐다. 그날, 내가 엄마를 만났더라면. 엄마 말에 잘 따르는 착한 딸이었더라면. 내가, 내가 조금만 착했더라면.

"딸, 우주! 잠깐 내려와!"

밑에서 아빠가 소리쳤다. 좋아. 결정했다. 이 집을 나간다고 말할 것이다. 새엄마 따위는 필요 없다. 한 학기만 지나면 고등학생이 될 테고, 기숙사가 있는 먼 고등학교로 가버리면 된다. 나 혼자서도 잘 살 수 있다.

쿵쾅쿵쾅. 계단을 부술 듯 내려갔다. 아빠가 빨리 오라고 손짓하며 환하게 웃다가 어리둥절한 얼굴이 되었다.

"우주, 울었어?"

"울었다! 왜?"

그때, 소파에 앉아 있던 사람이 벌떡 일어났다.

"웬일이야? 우리 우주가 다 울고?"

다정하고 아름다운 목소리. 한참 못 들었지만, 내 머릿속에서는 매일 울리던 목소리. 나는 내 눈과 귀를 의심했다.

"엄마!"

4

시간은 기다려주지 않아.
- 〈시간을 달리는 소녀〉(2006)

엄마다. 진짜 엄마다.

목소리와 외모는 물론이고, 냄새도 엄마다. 멀리 있는데도 그리운 화장품 냄새가 풍겼다. 촉감도 엄마일까? 만질 수 있는 존재일까?

더 다가가지 못하고 1미터 앞에서 멈췄다. 만졌는데 아닐까 봐, 엄마가 사라질까 봐.

"왜 그래? 우주야, 어디 아프니?"

"아, 아니. 그게……."

"얼굴색은 괜찮은데? 여보, 우주 방에 둔 염화벤잘코늄 희석한 거 안 떨어졌지? 우주는 상기도감염에 약해서 소독 게을리하면 안 돼."

엄마 맞다. 잔소리도 잘난 척하면서 하는 사람은 우리 엄마밖에 없다. 시중에서 파는 손 소독제 대신 염화벤잘코늄을 희석해서 쓰고, 감기를 상기도감염이라고 하는 사람이 우리 엄마 말고 또 있을 리 없다.

"엄마!"

더 참을 수 없어 엄마에게 안겼다. 어릴 적 말고는 엄마와 안아 본 적이 없었다. 하지만 지금은 시간을 거슬러 내가 다시 어린애가 된 기분이었다. 내 갑작스러운 행동에 처음에는 뻣뻣하게 굳던 엄마 몸이 곧 부드러워졌다. 엄마는 팔을 들어 나를 꼭 안아줬다.

"우리 딸, 무슨 일 있니?"

"아냐. 엄마."

몸속에 굳어 있던 눈물이 녹아 나올 것 같았다. 나는 얼른 엄마를 밀어내고 고개를 푹 숙였다.

"당신이 한 달이나 집을 비우니까 그래. 우주가 엄마 보고 싶었나 보네."

있는 줄도 몰랐던 아빠가 끼어들었다. 한 달이라고? 엄마의 부재가 겨우 한 달? 내가 기억하는 시간은 자그마치 2년이었다. 20년, 200년 같은 2년.

"엄마, 출장…… 다녀온 거야?"

"응. 일이 잘돼서 사흘이나 당겨서 돌아왔어. 사흘 아꼈으니까 사흘은 내 마음대로 쓸 거야."

엄마가 외국으로 출장을 다니는 건 예삿일이었다. 2년 전에는 말이다.

"엄마."

달리 할 말이 없었다. 그저 2년 전 그날 멈췄던 시간이 다시 흐르기 시작한 기분이 들었다. 중간이 잘라진 필름을 이어 붙인 것처럼. 그렇게 생각하니까 눈물이 차올랐다. 엄마가 다시 살아 움직여서 좋은데, 그럼에도 불구하고 무서웠다. 이런 일은 논리적으로 가능하지 않았다. 무서우면서 좋은 기분. 꿈이나 잠깐 지나가는 괴현상 내지는 환상일 게 뻔하니까 두려운 것이다. 더 정확히 말하자면, 꿈에서 깨어나거나 환상에서 벗어났을 때 몰려올 슬픔이 두렵다. 원래 줬다 뺏는 게 더 잔인한 짓이다.

내 방으로 도망치듯 올라갔다. 엄마 아빠는 굳이 나를 불러 세우지 않았다. 그래서 방문을 닫으면서도 두려워졌다. 다시 문을 열었을 때, 모든 게 제자리로 돌아가 있을 것 같았다. 우울함을 감추고 애써 밝은 척하는 아빠와 도저히 감춰지지 않는 엄마의 빈자리.

결국 나는 방문을 닫지 않고 조금 열어두었다. 내 방과 밖을 단절시키지 않는 것만이 내가 할 수 있는 유일한 일이었다. 덕분에

밖에서 엄마 아빠가 말하는 소리가 들려왔다. 아빠는 조금 전에 전화 통화를 하며 뱉었던 다정한 말들을 엄마에게 하고 있었다. 작게 속삭이는 말은 들리지 않아서 말은 끊어졌다가 이어졌다가 했다.

중요한 것은 엄마와 아빠가 다정한 사이처럼 보인다는 것이었다. 2년 전에도 그랬는지는 잘 기억나지 않았다. 사실 나는 그때 엄마가 뭘 하고 살았는지도 잘 모른다. 내 방문은 늘 꽉 닫힌 채 잠겨 있었고, 밥을 같이 먹어야 한다는 유일한 규칙을 피하기 위해 차라리 식사 시간에는 집에 있지 않는 방법을 택했던 나였다. 나는 늘 겉돌았다. 지금 아빠를 참을 수 없는 만큼 그때는 엄마도 싫었다. 가족이기 때문에 다정한 상황을 연출하는 게 닭살 돋고 촌스러운 일처럼 여겨졌다.

엄마는 재가 되어 천체 물리학자에 걸맞은 장례식을 치렀다. 유골을 우주선에 실은 것이다. 나는 영상으로 우주로 가는 엄마를 보았다. 그리고 우는 대신 화를 냈다. 실제로 정말 화가 났다. 나를 속상하게 하려고 일부러 죽은 것 같았다. 엄마가 만들어놓은 마지막 기억이 마치 나를 꾸짖기 위한 복수로 여겨져 원망스러웠다.

그날. 그날 내가 그러지만 않았더라면.

그날은 엄마가 모처럼 쉬는 날이었다. 아빠는 새벽같이 지방에 취재를 가고 엄마와 나 단둘이 집에 남은 아침. 엄마는 내 얼굴을 보자마자 벼르고 있던 말을 내뱉었다.

"우리 딸, 발레 보러 갈래? 이번 주까지 볼 수 있는 표 있는데."

"싫어."

"왜? 재미있어. 어렸을 때 책으로 봤지?『호두까기 인형』."

"기억 안 나."

나는 여느 때처럼 퉁명스럽게 굴었다. 엄마가 좋아하는 공연이
라는 걸 알았지만, 쉽게 승낙하고 싶지 않았다.

"한 번만. 응? 곧 프로젝트 들어간단 말이야. 이제는 잠깐 시간
낼 겨를도 없을 거라고."

"…… 알았어. 가서 자도 뭐라고 하지 마."

마지못한 척 고개를 끄덕이자, 엄마는 아이처럼 신 나 했다. 엄
마는 생글생글 웃으며 아침밥을 차리기 시작했다. 잠깐 내 방에 있
다가 다시 내려와 보니 진수성찬이 차려 있었다. 내가 아침에는 많
이 먹지 않는다는 걸 잘 알면서도. 나는 문득 그게 짜증이 났다.

"왜 먹지도 않는 걸 이렇게 많이 만들어?"

"먹으라고 만들었지. 먹으면 되잖아."

"내가 어떻게 이걸 다 먹어? 엄마 오버 좀 하지 마."

"누가 너 혼자 먹으래? 나도 먹을 거야."

"그럼 엄마가 다 먹어!"

나는 엄마를 내버려두고 방으로 올라왔다. 정말 마음에 들지 않

았다. 내 의사와 상관없이 내가 좋아할 거라 지레짐작한 게 싫었다. 엄마는 화가 잔뜩 나서 당장 나를 쫓아 올라왔다. 문을 잠근 걸 알고는 쾅쾅 두드렸다.

"문 안 열어?"

"싫어!"

한참을 더 문 두드리는 소리가 이어졌다. 정말 시끄럽고 짜증 났다.

"기껏 먹으라고 힘들게 만들었더니…… 됐어. 너 밥 먹지 마! 영원히 먹지 마!"

내려가는 엄마 발소리가 쾅쾅 들렸다. 그러더니 조용해졌다. 영원히 먹지 말라는 말이 비수가 되었다. 나보고 죽으라는 건가? 자기 딸한테 그게 할 소리야? 나는 한참을 투덜대다가 꼬르륵 소리에 다시 한 번 절망했다. 이렇게 화가 나는 와중에도 인체는 생리적 현상에 충실했다.

귀를 기울였지만, 아무 소리도 들리지 않았다. 30분 정도 기다렸다가 슬그머니 방 밖으로 나왔다. 거실에 아무도 없었다. 조심스레 지하로 내려갔다. 연구실 문이 열려 있고 식탁 위에는 엄마가 차린 음식이 그대로 있었다. 엄마는 없었다. 그리고 주차장에 엄마 차도 없었다.

엄마는 나와 싸우고 연구소에 갔다. 아마 일을 하면서 기분을 풀고 싶었을 것이다. 늘 엄마는 그런 식으로 스트레스를 풀었다. 그런데 하필 그날 사고가 일어났다. 엄마의 휴가 때문에 미루었던 실험을 그날 다시 하기로 하였고, 실험 중 폭발 사고가 났다. 네 명이 경상을 입고 딱 한 명이 사망했는데, 그 사망자가 바로 엄마였다. 예정대로 〈호두까기 인형〉을 보러 갔으면 일어나지 않을 일이었다.

엄마는, 2년 전에 죽었다. 나 때문에. 아마 엄마는 죽어서도 나를 원망하고 있을 것이다.

"우주, 아직도 삐쳤어?"

엄마가 내 방문 앞에 멀찍이 서서 물었다. 방문이 열려 있는데도 섣불리 들어오지 않았다. 그냥 들어갔다가는 내가 화를 낼 걸 알기에 일단 비위를 맞추는 것이다.

"왜……."

문을 열다가 엄마와 눈이 마주쳤다. 화를 낼 수가 없었다. 지금 이 순간이 어떻게 만들어진 것인지는 잘 모른다. 하지만 분명한 건 엄마가 있는 시간이 언젠가 사라질 가능성이 있다는 것이다. 나는 시간을 잡고 싶은 마음을 엄마 손을 덥석 잡는 걸로 대신했다.

"엄마, 나 〈호두까기 인형〉 보러 가고 싶어."

"또?"

"이번엔…… 이번에는 볼래."

"얘가 무슨 소리야? 재작년에도 보고 작년에도 봤으면서 꼭 한 번도 안 본 것처럼 말하네."

지난 2년 동안 내가 엄마와 공연을 챙겨 봤다고? 체육중학교에 다니는 나는 그래 왔나 보다.

"내가 재작년에도 봤어? 혹시 12월에?"

"그래. 안 본다는 걸 억지로 가더니, 막상 보고 나서는 좋아했잖아. 그래서 매년 보자고 해놓고선. 근데 한여름에 무슨 〈호두까기 인형〉이야? 하지도 않을걸? 그건 크리스마스 시즌에 봐야 딱이지."

"엄마!"

다시 엄마를 안았다. 사소한 일로 싸우지 말걸. 그랬으면 엄마랑 매년 공연을 봤을 텐데. 그깟 아침 밥상 많이 차린 게 무슨 큰일이라고.

"엄마, 그럼 엄마가 보고 싶은 거 발레나 클래식 공연 같은 거 보러 가자. 엄마 오늘부터 휴가라며."

"얘가 웬일이야?"

엄마는 말은 그렇게 하면서도 내 제안을 즐기는 듯했다. 당장 아빠한테 가서 자랑을 했으니 말이다. 아빠는 샐쭉한 표정을 지으며 자기도 가고 싶다고 했다. 마치 엄마와 내가 아빠를 따돌리기라도 한 것처럼. 평소 같으면, 싫다고 짜증부터 냈겠지만, 나는 그러지 않았다.

바로 표를 구할 수 있는 공연은 죄다 지루하기 짝이 없는 공연뿐이었다. 들어보지 못한 오케스트라가 하는 클래식 공연. 엄마는 그래도 신 나 하면서 아빠와 나를 이끌고 공연장에 들어갔다. 아빠와 내가 신 나게 고개를 흔들며 잠이 든 건 당연했다.

우리는 근사한 레스토랑에 가서 저녁 식사도 했다. 그리고 집 앞 아이스크림 집에 가서 그 가게에서 파는 아이스크림 서른한 가지 맛을 다 봤다. 마지막 맛까지 우악스럽게 퍼먹던 아빠가 집에 오다가 배탈이 났고 무서운 속도로 뛰는 바람에 우리는 깔깔대며 집에 돌아왔다.

밤에는 내 제안으로 〈스타 트렉〉 DVD를 보았다. 아니나 다를까 엄마는 과학적 오류들을 지적하며 못마땅한 얼굴로 영화를 감상했고, 결국 아빠와 다퉜다. 나는 얼른 영화를 끄고 텔레비전을 틀었다. 오락 프로에서 우스꽝스러운 장면이 연출되고 있었다. 엄마 아빠는 싸우다 말고 그걸 보고 웃었다.

마침내 엄마 아빠가 번갈아가며 하품을 해댔다.

"이제 자야겠다."

"안 돼. 더 놀자."

"종일 잘 놀았는데 또 놀아?"

잡고 싶다. 자고 일어나면, 이 꿈이 끝날 것만 같아서.

"그럼 같이 잘래."

엄마 아빠가 입을 떡 벌렸다. 보통이라면 저런 대사가 무척 창피

했을 것이다. 그러나 오늘 하루는 판타지였고, 현실이 아니었다. 창피함이 행복한 하루를 얻는 대신 치러야 할 작은 대가라면 기꺼이. 나는 체면 차리는 것도 잊고 비굴한 자세로 안방 침실에 따라 들어 갔다. 아빠가 바닥에서 자고 나는 엄마랑 침대에 누웠다. 눕자마자 잠이 든 엄마처럼 나도 잠이 쏟아졌다. 하지만 잘 수 없다. 내가 자 버리면 엄마도 끝이다. 종일 치열하게 작은 행복을 되찾으려 했지 만, 아직도 부족하다. 2년, 그리고 앞으로의 수많은 시간을 보상하 려면 조금이라도 더 함께해야 한다. 그런데 너무 졸려. 왜 이렇게 졸리지…….

눈을 떴다. 밖이 환했다.

악. 깜박 잠이 들었나 보다.

나는 여전히 안방 침대에 누워 있었다. 옆에 엄마가 없었다. 당연히. 꿈이었던 것이다. 내게 하루 치만 주어진 달콤한 환상.

"엄마…….."

고요했다. 대답해야 할 사람이 사라진 것이다.

"엄마! 엄마!"

"왜?"

아직 잠옷 차림인 엄마가 커피를 들고 들어와 미친 듯이 포효하는 나를 황당하다는 듯 바라봤다.

5

난 두려워. 난 느낄 수 있어.
- 〈2001 스페이스 오디세이〉(1968)

우리 토요일에 어떻게 할까?

해니에게서 메시지가 왔다.

토요일? 달력을 봤다. 토요일은 미른과 내가 해니에게 소개팅을
해주기로 한 날이다. 싫은 척하더니 용케 기억하고 있었구나. 윤해
니. 미른과 내가 헤어진 걸 알면 어떤 얼굴을 할까?

며칠째 미른은 연락이 없었다. 정말 나와 끝내고 싶은 모양이다.
세상이 뒤바뀐 엄청난 일만 아니어도 미른과의 일은 내 생애 최고

의 고민거리가 될 만한 사건이다.

그날
미른이 안 될지도 몰라.

미른이 왜 안 되느냐고 물을까 봐 겁이 났지만, 이렇게 얘기할
수밖에 없었다. 해니는 망설이지 않고 대답했다.

아냐. 괜찮대.
미른이 먼저 너한테 연락해보랬어.

그럼 그렇지. 미른도 마음에 없는 말을 해놓고 자존심 때문에 연
락을 못하고 있던 게 분명하다. 해니 소개팅을 빌미로 화해를 시도
하려는 미른이 귀여웠다. 잠시나마 느꼈던 굴욕을 씻고 충분히 용
서해줄 수 있을 만큼.

음 그럼 햄버거 가게? 아니면 아이스크림?

토요일 12시에 사거리 햄버거 가게에서 보자!

다른 때와 달리 해니가 명쾌하게 약속을 정리했다. 우유부단하여 늘 내 말을 따르기만 하던 시녀 해니가 별일이었다.

해니에게는 아무 말도 하지 않았다. 엄마와 보낸 사흘. 나는 엄마 휴가 기간 동안 엄마 곁에 찰거머리처럼 붙어 있었다. 가족 여행에서 돌아온 해니와 놀거나 통화를 할 시간이 없었다. 엄마는 다음 날도 다음다음 날도 사라지지 않았다. 그러는 동안 나는 다시 한 번 깨달았다. 엄마가 돌아온 게 아니라, 내가 이상한 세상에 와 있다는 것을. 현실과 비슷하지만 엄마가 있어서 더 좋은 그런 세계. 약국 아저씨의 딸이 죽지 않은 것처럼 우리 엄마도 이 세상에서는 살아 숨 쉬고 있었다.

그래도 해니를 만나면 말해볼 참이다. 솔직히 털어놓을 수 있는 사람은 아무리 생각해도 만만한 해니밖에 없다. 비밀을 지켜줄 것이고 내 말을 비웃지 않을 것이다. 혼자 가지고 있기에는 비밀이 너무 크고 무겁다.

"해니야!"

햄버거 가게 앞에서 해니를 보자마자 달려갔다. 반가웠다.

"우주야, 잘 지냈어?"

우리는 손을 마주 잡고 한참 길거리에 서 있었다. 한낮 강한 햇살에 땀을 흘리면서도 그 자리에 서서 재잘거렸다. 해니는 무척 밝은 얼굴이었다. 여행이 그렇게 즐거웠던 걸까? 늘 자신감 없고 시무룩하던 윤해니가 아니었다.

"우리 엄마가 나중에 너도 가족 여행에 데려오랬어."

"진짜?"

"응. 별장 앞에 호수가 있어서 정말 좋아. 나 낚시하는 법 배웠으니까 가르쳐줄게."

"아싸. 그럼 빨리 가자. 가족 여행 말고 우리 둘이 가자. 버스 타고."

"엄마가 둘이 가는 건 허락 안 해주실걸. 여럿이 가면 또 몰라도."

"그럼 우리 반 애들 다 간다고 거짓말하고 둘이 가자. 아, 그래. 미른이랑 오늘 만날 미른 친구랑 넷이 가면 되겠다!"

"어? 그건 좀 그렇다."

해니가 망설였다. 늘 이런 식이다. 내 말에 잘 따라오는 듯하다가 결정적일 때, 사람 답답하게 만들기. 이럴 때는 화 한 번 내주면 다시 착하고 내 말 잘 듣는 윤해니로 돌아온다.

"됐어. 싫음 관둬!"

"우주야, 아무리 생각해도 그건 아닌 것 같아. 둘이 가는 것도, 남자애들이랑 가는 것도. 둘 다 부모님이 걱정하실 만한 일이잖아."

지금 얘가 뭐라고 하는 거야? 내 말에 조목조목 대들며 반박하는 걸로 모자라 나를 가르치려 들었다. 나는 황당하다는 얼굴로 해니를 뚫어져라 바라봤다. 해니는 자신이 무엇을 잘못했는지 모르는지 앞장서서 햄버거 가게로 들어갔다.

"우리 저쪽 자리에……."

평소처럼 내가 자리를 정하려는데, 말이 채 끝나기도 전에 해니가 창가에 자리를 잡았다. 해니가 많이 달라진 것 같았다.

"어? 일찍 와 있었네?"

자리에 앉자마자 미른의 목소리가 등 뒤에서 들려왔다. 다행이다. 진짜 왔구나. 역시 홧김에 아무 말이나 해놓고 먼저 연락 못한 것이다.

서둘러 손가락으로 앞머리를 매만지고 뒤돌았다. 안 본 사이에 미른은 더 멋있어져 있었다. 새로 산 청바지가 눈에 띄었다. 저 청바지 때문에 아르바이트를 시작했던 것이다. 반가웠지만, 일부러 입술을 삐죽 내밀고 못 본 척했다. 미른이 와서 달래줄 때까지 그럴 셈이었다. 감히 헤어지자는 말을 함부로 한 데 대해 본때를 보여줄 셈이었다. 다시는 그러지 못하도록.

"왔어?"

나 대신 해니가 미른을 반겼다.

"우주야, 쟤가 강이야. 신강. 미른하고는 초등학교 때부터 친구."

해니가 미른 옆에 있는 애를 소개했다. 그 애를 해니가 어떻게 아는지 궁금했지만, 곧 더 놀라운 일이 일어났다. 미른이 내가 아니라 해니 옆에 앉은 것이다. 그리고 해니 머리에 묻은 먼지를 다정하고 자연스럽게 떼어주기까지 했다.

"야!"

새침한 척하겠다는 다짐은 잊고 소리를 질렀다. 해니가 놀라 나를 봤다.

"왜 그래, 우주야?"

"너희 지금 뭐 하는 거야? 내 앞에서?"

독기 어린 내 눈빛을 이해 못하겠다는 듯 미른이 호기심 어린 얼굴이 됐다. 해니가 얼른 내 옆 의자로 옮겨와서 팔짱을 꼈다.

"우주야, 미안해. 내가 너무 미른하고만 붙어 있었지? 남자 친구 생겼다고 너 잘 못 챙겨줘서 미안해. 그래서 오늘 자리도 마련한 거잖아."

"남자 친구?"

"우주, 강이랑 잘해봐. 괜찮은 녀석이니까."

미른이 아직 멀뚱히 서 있던 남자애를 내 쪽으로 밀었다. 미른에게 정신이 팔려 서 있는지도 몰랐다. 웬 어리바리한 남자애가 머리를 긁적이며 다가왔다. 믿기는 힘들었지만, 대강 상황 파악이 됐다. 오늘 소개팅을 받는 사람은 해니가 아니라 바로 나였다. 그리고 미른이 사귀는 여자 친구는 내가 아니라 해니였다.

"말도 안 돼!"

"주야······."

해니가 당황한 듯 신강이라는 남자애와 나를 번갈아 바라봤다. 아무래도 내가 상대를 마음에 들어 하지 않는다고 착각한 것 같았다. 마음에 들고 안 들고 문제가 아닌데 다른 애들이 알 턱이 없었다. 남자 친구를 눈앞에서 빼앗긴 기분을 어찌 알까. 미른은 내가 못마땅하다는 표정으로 창밖으로 시선을 옮겼다. 아랫입술을 뜯고 있는 건 불편하거나 기분이 상하면 하는 버릇이다. 신강은 아직도 자리에 앉지를 못하고 어쩔 줄을 몰라 했다.

테이블을 쓰다듬었다. 에어컨 바람 때문에 차가운 기운이 돌았다. 손바닥까지 차가워졌다. 이게 꿈이 아니라 현실이라는 걸 냉정하게 알려줬다.

"나, 나…… 그만 갈게."

"우주야!"

해니가 따라 일어섰다.

"그냥 가게 둬. 짜증 나니까 우리끼리 놀자."

미른이 툭 내뱉은 말이 상처가 되어 돌아왔다. 미른은 원래 그랬다. 가끔 다른 사람 마음 따위는 생각하지 않고 자기 하고 싶은 대로 행동하고 말했다. 나는 늘 그게 멋있고 세련된 거라고 여겼다.

정신없이 뛰어 내려와 가게를 빠져나왔다. 혼란, 배신감, 그리고 마지막으로 느낀 감정은 뜻밖에도 창피함과 수치심이었다. 그 마지막 감정이 가장 크게 다가왔다. 늘 내 밑이라고 여겼던 해니 앞에서 미른에게 거부당한 것만으로 내 자존심은 갈기갈기 찢겼다.

"저기, 잠깐만."

누가 부른 것 같았지만, 내가 모르는 목소리였다. 나는 차마 뛰어가지 못하고 잰걸음으로 걸었다. 사람이 아무도 없는 곳으로 도망치고 싶었지만, 동시에 도망치는 것처럼 보이고 싶지 않았다.

"잠깐만, 우, 우주! 네 이름 우주랬지?"

돌아보니 그 애가 있었다. 미른 친구라는 강이라는 아이.

"왜 쫓아왔어?"

"네가 기분이 많이 나빠 보여서."

"그러거나 말거나 네가 뭔 상관인데?"

"나 때문이잖아…… 내가 그렇게 마음에 안 들어?"

"뭐?"

그 애를 찬찬히 보았다. 짙은 눈썹과 작은 눈이 순박해 보였고, 무척 착해 보였다. 어눌한 듯 굵은 목소리와 곰 같은 큰 몸도 그런 이미지에 한몫했다. 옷은 그다지 신경 쓴 것처럼 보이지 않았다. 비싼 브랜드를 입고 유행을 따르는 미른과는 대조적이다. 좋게 말하면 착하고 듬직한 애, 나쁘게 말하면 미른 같은 왕자님을 따라다니는 부하 내지 머슴.

"너랑 상관없어. 그러니까 걱정 말고 가."

"미안해."

이거 어디서 많이 듣던 소리다. 시무룩한 표정과 진지한 사과. 미안해. 나 때문에 괜히. 영락없는 내 시녀 해니 대사다. 역시 해니와 딱 어울린다. 그런데 오늘 해니는 어쩐지 시녀와 거리가 멀어 보였다. 밝고 자신감 넘쳤다. 역시 멋진 남자 친구를 가진 여자애 다웠다. 내가 아는 해니는 우유부단하고 소심하다. 기어들어가는 목소리로 내가 시키는 건 다 하던 해니가 그리워졌다.

"너 그거 아니? 미른하고 해니 말이야. 걔네는 원래 잘될 운명이 아니야. 해니는 너랑 잘 어울려."

"그게 무슨 소리야? 왜 그런 말을 해?"

"몰라. 넌 몰라도 돼."

신강이 뭐라고 더 말하려는 것 같았지만, 무시하고 뛰었다. 오늘 처음 본 멍청한 남자애와 같이 있는 건 그다지 위로가 될 성싶지 않았다.

얼마나 뛰었을까. 이제 따돌렸다 싶었을 때 눈앞에 공원이 보였다. 공원 그늘에 앉아 쉴 생각으로 걸음을 늦췄다. 남아 있는 벤치가 꽤 많았지만, 죄다 햇볕에 노출된 벤치였다. 나무가 그늘을 만들어줘서 앉을 만한 벤치에는 벌써 사람들이 있었다. 내 자리가 없어서 부아가 치밀어 올랐다. 좋은 자리를 차지한 사람들이 이기적으로 보였다.

자리를 찾아 공원을 돌아다니는데, 누가 쫓아오는 느낌이 들었다. 뒤에 눈이 달린 것도 아닌데 난데없이 뒤통수에 시선이 꽂히는 게 느껴졌다. 운동화 끈이 풀렸나 보는 척하다가 뒤를 획 돌았다. 멀리 누군가 나무 뒤로 숨는 게 보였다.

"야, 너 내가 쫓아오지 말랬지? 나와! 다 보여!"

기척이 없었다. 그러나 진짜 아무도 없어서 기척이 없는 게 아니라, 누군가 일부러 기척을 완벽히 감추고 숨을 죽이는 느낌이 들었다. 바보 같긴. 누군지 아는데도 몸을 숨기다니. 쫓아오는 걸 벌써 다 알아버렸는데도.

"화 안 낼게. 나와! 미른한테도 아무 말 안 해."

소리치며 다가갔다. 곰 같은 신강이 괜히 힘을 빼는 게 안쓰럽기까지 했다. 그런데 가까이 다가갈수록 기분 나쁜 느낌이 들었다. 조금 전 신강에게서 느꼈던 순수한 느낌이 전혀 느껴지지 않았다.

나무 뒤에 있던 누군가가 느닷없이 뒤돌아 빠른 걸음으로 걷기 시작했다. 몸이 가늘고 재빠른 남자였다. 몸이 호리호리한 것이 도저히 신강이라고 볼 수 없었다.

나는 놀라서 아무 말도 못했다. 남자가 순식간에 멀어져 점처럼 보이더니 결국 보이지 않았다. 재빠른 행동이 서두른다기보다 침착하게 여겨져 괴이했다. 잠깐 본 남자의 뒷모습 또한 수상쩍은 기운을 잔뜩 풍겼다.

문득, 무서워졌다. 정체를 알 수 없는 남자가 앞으로 일어날 많은 일의 신호처럼 생각되었다. 미른과 해니가 사귄다는 불쾌한 상황보다 더욱 불쾌한 일이 일어날지도 모른다. 그런데 더 무서운 점은 내가 앞으로 일어날 일에 대해 아무것도 모른다는 것이다.

6

현실 같은 꿈을 꾸어본 적이 있나?
만약 그 꿈에서 못 깨어난다면?
– 〈매트릭스〉(1999)

반지에 대해 미처 생각하지 못했다. 이런 일을 겪고도 손에 있
는 반지까지 챙길 수 있는 사람은 거의 없을 것이다. 나는 혼란의
태풍 속에 들어와 있었다. 밤에는 악몽을 꾸고, 깨어나서도 악몽을
꾸는 기분이었다.

내 손에 달팽이 반지가 없다는 걸 깨달은 것은 엄마 손에서 반지
를 발견하고 나서였다. 잠을 설치다가 한밤중에 물을 마시러 내려
가 보니 지하에 불이 켜져 있었다. 2년 전까지만 해도 익숙한 풍경

이었다. 엄마는 늘 밤에도 연구에 몰두하곤 했으니까.

아니나 다를까 엄마가 혼자 식탁에 앉아 두꺼운 책을 보며 밥을 먹고 있었다. 왼손은 책장을 넘겼고 오른손은 젓가락을 놀렸다. 책장을 넘기는 엄마 손에서 반지가 반짝였다. 오랫동안 내 손에서만 보아온 반지여서인지 원래 주인인 엄마에게 있는 게 생소해 보였다.

"엄마, 그 반지가 그렇게 좋아?"

"늘 끼고 있어서 없으면 불안해."

엄마는 건성으로 답하며 책장을 한 장 넘기고, 반찬을 한 젓가락 집어 먹었다.

"엄마는 결혼반지도 안 끼잖아."

"이게 결혼반지랑 마찬가지야."

달팽이 반지는 엄마가 진로를 결정했을 때, 교수님에게 선물 받은 반지다. 우주에서 날아온 귀한 원석이기는 했지만 결혼반지와 마찬가지라니 말도 안 된다. 나는 엄마 아빠가 잘 지내는 게 좋다. 엄마 아빠가 가끔 짜증 나지만 그래도 그게 좋다.

내 손에 있던 반지는 어디로 갔을까? 반지에 손을 대자마자 밝은 빛에 휩싸였다. 엄마가 살아 있기 때문에 원래 주인에게 돌아간 걸까?

혹시나 해서 반지가 떨어져 있던 책상 밑을 확인해보았다. 반지는 없었다. 그 환한 빛을 기점으로 세상이 바뀌고, 반지도 바뀐 세상에 맞는 자리로 간 것 같았다.

엄마 옆에 앉아 휴지 위에 낙서를 했다. 엄마는 밥을 다 먹었지만 아직 책에서 눈을 떼지 못하고 있었다.

이상한 세상이 된 기점—빛
바뀐 것—엄마, 해니와 미른, 내가 다니는 학교. 약국 아저씨 딸. 그리고 그 밖에 내가 모르는 일들.

달팽이 반지—내 것은 없다.
엄마 것은 있다.
원래 엄마 것이므로 내게 온 적이 없는 것이다.
만약 내가 반지를 끼고 있었다면?

문득 궁금증이 생겼다. 무사히 반지를 내 손가락에 끼웠더라면 나는 반지를 가지고 있지 않았을까? 입은 옷 그대로 이곳에 왔다. 주머니에 있던 휴대폰도 그대로 가지고 왔다. 저장된 번호나 메시지를 보아도 체육중학교에 다니는 우주의 것이 아니라 내 것이다. 다니는 학교가 다른데도 모르는 이름은 하나도 저장되어 있지 않다.

나와 나에게 닿아 있던 것들이 고스란히 이상한 세상으로 이동한 꼴이다. 반지가 없는 이유도 같은 논리로 설명이 된다. 손이 닿기만 했지 줍지는 못했다.

해니와 미른이 다정히 앉은 모습이 다시 떠올랐다. 정말 끔찍한 악몽이다. 상상조차 해본 적이 없는 일. 해니같이 인기 없는 애가 어떻게 미른과 만날 수 있을까. 어제 그렇게 내가 가버린 뒤로 해니는 전화를 하고 메시지도 보내왔다. 나는 다 모르는 척했다. 모르는 번호로 전화를 오는 일도 부쩍 잦아졌다. 해니가 각각 다른 번호로 전화를 하는지 잘못 걸린 전화가 늘어난 것인지 확실치 않았다.

"낙서 그만하고 자."

엄마는 나를 보지도 않고 말했다. 나는 혹시 엄마가 볼까 봐 휴지를 찢어서 버렸다. 달그락달그락. 엄마가 밥그릇과 숟가락을 챙겨 일어섰다.

"엄마, 설거지 내가 할까?"

"우리 딸이 웬일이야? 철들었나?"

됐어. 원래대로라면 그렇게 소리칠 나였지만, 입을 꾹 다물고 일어섰다.

"아냐. 엄마가 할게. 내가 해야 금방 하지. 너한테 맡겨두면 아침 돼도 다 못 한다."

엄마가 달팽이 반지를 빼서 식탁 위에 놓고 그릇을 설거지통에 넣었다. 나는 반지를 노렸다. 다시 그때 일을 재현하면 빛이 또 번쩍하면서 원래대로 돌아갈 수도 있었다. 슬그머니 반지를 집어 만지작거렸다. 반들반들한 원석 부분이 매끄러웠고, 온기가 느껴졌다. 엄마 체온을 아직도 머금고 있는 것 같다. 만약 진짜 빛이 번쩍이고 세상이 다시 원래대로 된다면, 엄마는 이대로 사라지겠지?

반지를 도로 식탁 위에 두었다. 차마 또 엄마를 잃을 수는 없었다.

"뭐해? 올라가서 자라니까."

"엄마 나중에 이 반지 나 줄 거야?"

며칠 동안 잊었던 반지가 내 손 안에서 새삼 뚜렷한 존재감을 드러냈다.

"나중에 너 스무 살 되면 줄 거야."

스무 살. 꼭 그렇게 해줘. 엄마. 내가 스물이 되는 걸 봐줘.

많은 말을 감추고 나는 겨우 한마디만 했다.

"엄마, 잘 자."

"그래. 나도 좀 자고 아침에 나가봐야겠다."

엄마가 입이 찢어져라 하품을 했다.

"엄마, 또 나가?"

"그렇지 뭐. 내가 언제 규칙적으로 산 적이 있니?"

그러고 보니 2년 전에도 엄마는 밤낮이 바뀐 생활을 하거나 잠을 아예 건너뛰기 일쑤였다. 불과 2년이란 시간이 많은 기억을 잊게 한 것 같아 속상해졌다. 그래. 이게 엄마가 살아가는 방식이었다. 시간이 아까워 하품을 하며 책을 보다가 눈을 잠깐 붙이고, 집에 왔을 때도 간이 연구실에 처박혀 있고. 밥 먹으면서도 책 보는 일상.

어쩌면, 내가 겪은, 아니 겪었다고 여기고 있는 2년이 가짜 아닐까? 나는 진짜 이곳에서 체육중학교에 다니는 열여섯 살 우주인 게 아닐까? 모든 게 내 꿈일까? 장자가 그랬다. 나비가 되어 날아다니는 게 꿈인지 나비가 인간이 된 게 꿈인지 모르겠다고.

〈매트릭스〉처럼 둘 중 한 세계가 가상 현실이라면? 엄마가 살아 있는 이곳을 선택할 수 있는 걸까? 내가 현실로 믿고 있는 세상으로 돌아가는 선택 A와 이곳에 안주하는 선택 B 중 내가 스위치를 누를 수 있다면. 파란 약과 빨간 약 중 내가 선택이 가능하다면, 나는 무엇을 선택할까?

머리가 지끈지끈 아파왔다. 하지만 침실로 가는 엄마 뒷모습을 보면서 한 가지 깨달은 것은 있었다. 엄마가 있는 게 좋다는 것.

"휴."

누워 있어도 머리 아픈 게 사라지지 않았다. 그리고 한가롭게 누워 있을 여유도 없었다. 나는 전에 낙서를 하던 연습장을 펼쳤다. 무한대 표시가 잔뜩 있는 그곳으로 돌아갔다. 한쪽 귀퉁이에 적혀 있는 문장을 줄을 박박 그어 지웠다.

나는 미치지 않았다.

지금 이 세상은 진짜 만져지는 현실이다. 그런데 설명할 길이 없으니 답답한 노릇이다. 미치지 않았다고 주장해도 증명할 길이 없다.

인터넷에서 유명한 정신과 병원을 검색했다. 얼마 전에 텔레비전에 나왔다는 의사에 대한 기사가 나왔다. 무척이나 인자한 얼굴을 한 그 의사는 약물을 전혀 쓰지 않고 대화를 통해 마음의 병을 치유하는 권위자라 했다. 처음에는 내 정신이 온전하다는 사실을 확인하고 싶었을 뿐이지만 그 의사에 대해 읽어나갈수록 진심으로 만나고 싶어졌다. 바로 지금 내게 필요한 게 그거였다. 누군가와 이야기를 하는 것.

다음 날, 무작정 그 병원을 찾았다. 병원 앞에 가서야 예약을 해야 하는지 궁금해졌다. 직접 예약을 하고 병원에 가본 적이 없었다. 치과 예약은 늘 아빠가 알아서 해주었다. 뒤늦게 휴대폰으로 예약 페이지에 접속했다. 과연 유명한 의사인지라 예약이 다다음 달까지 꽉 차 있었다.

그러나 이대로 돌아갈 수는 없었다. 누군가는 이렇게 말했다. '두드려라 열릴 것이다.'

"혹시 오늘 진료를 받을 수 있을까요?"

잠시 컴퓨터를 두드리던 접수 테이블 여자가 시큰둥한 얼굴로 너무나 바쁜 1과 선생님은 예약이 꽉 찼으나 운 좋게도 한 시간 뒤에 취소된 자리가 있다고 전했다. 역시 누군가의 말이 딱 맞았다. 두드리니까 열렸다.

나는 한 시간 동안 병원을 둘러보기로 했다. 이름난 병원답게 건물이 꽤 컸고 아름답기까지 했다. 정원이 딸린 병원. 여태까지 내가 생각했던 정신병원과는 사뭇 다른 편안한 분위기다. 깊지 않은 연못에는 연꽃이 피어 있었고, 싱그러운 이파리가 가득한 나무들이 시원한 그늘을 만들어주었다. 쾌적한 환경 덕분인지 더운 날씨에도 환자들 표정이 밝았다. 실력 좋은 의사가 있는 병원다웠다.

실제로, 얼굴을 마주한 의사도 동영상에서 본 믿음직한 그 모습 그대로였다. 머리가 조금 벗겨졌고, 안경 너머로 선한 눈을 가졌다. 말만 그럴듯한 사기꾼으로 보이지 않았다.

"그래요, 무슨 문제가 있다고 생각해서 왔지요?"

목소리도 다정하고 친절했다. 정신병원에 가면 미친 사람 취급을 받을 줄 알았던 선입견이 한 번에 무너져 내렸다.

"요즘에 좀 이상해서요."

내 말에 의사는 이해한다는 표정을 지었다.

"더 말해보세요. 구체적으로요."

"어느 날 갑자기, 다 달라졌어요. 꼭 다른 세상에 온 것처럼요."

"다른 세상?"

"음, 뭔지는 잘 모르겠는데요. 갑자기 빛이 번쩍…… 아니, 뭐 그건 상관없을지도 모르니까 빼고요. 원래 제가 체육을 싫어하거든요? 운동 같은 거 잘 못하고요."

"그런데요?"

"그런데 제가 체육중학교에 다니고 운동선수라는 거예요."

"흠, 좀 더 자세히 말해볼까요? 이 세상이 다르다고 느낀 또 다른 이유가 있나요?"

"그게…… 엄마가…… 아니 그게 문제가 아니라, 제가 알고 싶은 건요. 혹시 제 머리가 이상해져서 이전 기억이 잘못된 건 아니었나 하는 거예요. 지금 이게 현실이고 제 이전 현실이 제 환상이거나 가짜일 수도 있나 해서요. 아니면 꿈같은 거? 프로이트인가 그 아저씨가 꿈 전공이라면서요. 그 사람이 혹시 저 같은 경우는 연구 안 했을까요?"

"흐음. 일단 이거 먹을래요?"

의사가 사탕을 내밀었다. 반사적으로 약국 아저씨가 떠올랐다. 아저씨들은, 특히 이쪽 계통에 있는 아저씨들은 사탕 주는 걸 좋아하나?

"별로 안 좋아하는데……."

"그래도 한번 먹어보세요."

어쩔 수 없이 입에 넣었다. 달콤함이 입안에 퍼졌다.

"어때요?"

"달아요."

"달죠? 달다는 맛이 현실인 것 같나요? 꿈인 것 같나요?"

"지금 다니까 현실이죠."

"그럼 지금 이 순간이 현실이겠군요? 저도 살아 움직이는 현실 속 의사고요."

"그, 그런가요? 하지만 그때도 생생히 느꼈던 것 같은데……. 혹시 제가 미친 건가요?"

"제가 보기에는 미친 것처럼 보이지 않습니다. 더 황당한 얘기를 하는 사람도 많아요. 심지어 어떤 환자는 다른 차원의 존재를 느낄 수 있다고 하더군요. 인간이라면 누구나 그런 망상을 품게 될 수 있어요. 상상력과 창의력을 가진 동물이니까요."

"그럼 제가 지나온, 지나왔다고 느끼는 과거는 어떻게 된 거죠? 지금이 진짜라면 말이에요."

"살아가는 건 현재를 지나 미래로 나아가는 일이에요. 과거는 디딤돌이 되어주겠지만, 벌써 그건 시간 저편으로 사라진 일이지요. 현재만 생각하세요. 학생이 찾는 답은 현재에 있을 겁니다. 한번 잘 생각해보시고 그럼, 아무 걱정 말고 다음 주에 한 번 더 오세요. 얘기를 많이 하다 보면 절로 나아질 테니까요."

의사는 철학자 같은 말을 잔뜩 했지만, 마음이 조금 놓였다. 나를 이상한 눈으로 보지 않았기 때문이다. 비록 진료비가 비쌌고 진료 시간도 짧았지만, 병원을 나오는 길은 조금 즐거워졌다. 바뀐 건 중요하지 않다. 의사 말대로 과거는 다 잊고 현재 지금 이 시점에 충실하면 간단한 문제다. 한결 마음이 가벼웠다.

적어도 그 남자를 보기 전까지는 말이다.

병원 정원에 그 남자가 서 있었다. 스쳐보았다가 익숙한 분위기에 시선이 갔다. 호리호리하고 키가 큰 남자. 뒷모습만큼이나 앞모습도 기이한 분위기를 풍겨 한 번에 알아볼 수 있었다. 저번에 공원에서 나를 쫓아온 그 남자가 분명했다.

7

모든 순간은 시간 속에 사라지겠지. 빗속의 눈물처럼
- 〈블레이드 러너〉(1982)

"저기."

그 남자가 말을 걸었지만, 대답하지 않고 발을 놀렸다. 여기까지 따라온 걸 보면 스토커에 가까웠다. 남자는 다리가 길어서인지 성큼성큼 큰 보폭으로 나를 따라잡았다. 몸이 움츠러들었다. 다행히 다니는 사람이 많은 거리였고, 남자가 무슨 행동을 하기만 해도 소리칠 준비가 되어 있었다. 하지만 남자는 다시 나를 부르지 않았다. 언제 불렀냐는 듯이 나를 앞질러 앞만 보고 걸어갔다. 꼭 내가 잘못 들었나 싶을 정도로 뻔뻔했다.

나는 느닷없이 멈춰 섰다. 남자가 나를 지나치면 그대로 돌아 도망갈 작정이었다. 하지만 남자는 아주 기민했다. 나와 거의 동시에 걸음을 멈췄으니까 말이다. 뒤에서 오던 사람이 우리 둘을 피해가며 투덜거렸다. 우리가 일행이라 여긴 것 같았다.

"그 의사는 돌팔이야."

남자가 말했다.

"예?"

처음으로 남자를 자세히 보았다. 자세히 보면 잘생겼지만, 스쳐 보면 평범하기만 한 기이한 얼굴. 아무리 야구 모자를 썼다고 하지만 아까 보았을 때만 해도 이렇게 잘생겼다는 걸 알지 못했다. 저번에 인기척을 숨기고 나를 쫓았을 때처럼 일부러 자신의 매력을 숨기고 있는 듯했다. 그런데 그렇게 하는 게 가능한 일일까.

"의사가 하는 말이 그럴듯하지? 그 자식은 입만 살았어."

"누구세요?"

남자는 대답하지 않았다. 나는 남자를 보는 대신 남자가 입은 검은 티셔츠에 그려져 있는 잿빛 'X'를 노려보았다. 마치 이 남자의 마음을 알려주는 듯한 X. 어떤 물음도 거부하고 있는 듯한 X. 자신의 존재감을 지울 수 있는 남자에게 딱 맞았다.

"내 말을 듣는 게 좋을 거야."

남자는 긴 다리를 자랑하며 경중경중 나를 앞질러 가버렸다. 딱히 서두르는 기색도 없었는데, 눈 깜짝한 사이에 모퉁이를 돌아 눈앞에서 사라져버렸다.

"엑스."

나는 가만히 중얼거렸다. 목소리가 참 좋은 남자였다. 그러나 그게 다였다. 다시 떠올려보려고 해도 얼굴이 선명하게 떠올려지지 않았다.

엑스에 대해 생각하며 걷다 보니까 어느새 집 앞이었다. 우리 집 앞에 해니가 쪼그려 앉아 있었다.

"주!"

"나 할 말 없어."

"도대체 왜 화가 난 건데?"

해니가 내 앞을 막았다. 얼굴을 보는 순간 내가 아는 해니가 아니라는 게 확실해졌다. 눈물을 보이거나 무조건 미안하다고 비는 대신 화를 내고 있었다. 잔뜩 화가 난 해니가 금방이라도 때릴 기세로 나를 바라봤다.

"됐어. 지금은 너랑 얘기하기 싫어."

"알았어. 내가 잘못했다고 치자. 그럼 내가 뭘 잘못했는지 알려줘."

낯선 반응을 보이는 해니는 더는 내 시녀가 아니었다. 내가 운동을 좋아하는 것처럼 여기 해니도 소심하지 않았다. 비단 미른을 남자 친구로 가진 것만으로 이렇게 성격이 달라질 수 없었다. 마치 해니는 한 번도 내 시녀였던 적이 없는 것 같았다. 즉 나도 공주처럼 군 적이 없다는 것이다.

정신이 번쩍 들었다. 바뀌지 않은 게 나뿐이라면 내가 세상에 맞춰야 한다.

"잘못한 거 없어."

나는 시무룩하게 말했다. 해니는 내가 누그러진 것을 긍정적으로 받아들이고 살며시 내 팔을 잡았다.

"어쨌든 기분 풀어. 이 언니가 강이 대신 진짜 멋진 애 소개해줄게."

"그런 거 때문 아니야."

네가 미른과 사귀는 게 싫어.

"그럼 왜?"

미른과 헤어져. 넌 미른하고 정말 안 어울리거든. 그러니까 포기해. 참, 너 그거 알아? 넌 미른같이 잘빠진 애보다 강이인가 산이인가 그 애가 훨씬 잘 어울려. 미른은 원래 내 남자 친구였단 말이야.

공허한 목소리가 내 속에서만 맴돌았다.

"주야, 무슨 생각 해?"

"윤해니, 우리는 어떤 사이니?"

"좋은 친구 사이지."

좋은 친구라는 말에 오래전 그날 일이 떠오른 건 왜일까. 내가 운동을 좋아하게 되었거나 싫어하게 되었던 그 사고가 있던 날, 해니는 울며 소리쳤다.

"미안해. 미안해. 아프지 마, 우주야."

그날 자전거를 타고 나가자고 한 게 해니였다. 지금 와서 생각해 보면 해니는 죄책감에 울부짖었던 것 같다. 그리고 그때부터 내 말이라면 무조건 따라주었다.

"우리 아홉 살 때, 자전거 타고 가다가 나 다친 거 기억나?"

"당연히 기억나지. 어떻게 잊겠어?"

기억을 떠올리는 해니 얼굴에서 죄책감은 찾아볼 수 없었다. 같은 사고를 당하고도 내가 다른 선택을 했던 것처럼 해니도 그날 일로 죄책감 대신 다른 감정을 느낀 듯했다.

"내가 널 구했잖아. 내가 재빨리 어른을 안 데려왔으면 너 큰일 났을걸."

해니가 사람을 불러 온 건 사실이다. 그러나 내가 아는 해니는 그걸 크게 생각하지 않았다. 대신 자기 때문에 다쳤다며 미안해했다. 어떤 해니가 더 좋은지는 모르겠다. 다만 낯설었다. 바뀐 세상 속에서 나만 안 바뀐 채로 잘 살아갈 수 있을까.

의사 말이 떠올랐다. 진실이 무엇인지 모를지라도 지금 이 순간이 현실이고 현재니까 과거는 잊을 것. 그렇게 따지면 미른이 원래 내 남자 친구인 건 아무 의미도 없는 것이다. 그런데도 자꾸 미련

이 남았다. 원래 쥐고 있던 것을 놓기란 어려운 일이다. 그러나 새로 쥐게 된 것도 놓을 수는 없다. 아무리 생각해도 엄마를 포기하기란 어렵다.

"윤해니, 어쨌든 넌 내 친구인 거지?"

"너 되게 이상하다. 우리 우주 사춘기인가?"

해니가 자연스럽게 내 어깨를 툭 쳤다. 이상하게도 지금 해니가 낯설면서도 진짜 친구처럼 여겨졌다. 이전에는 친구 사이라고 하기 어려웠다는 걸 나는 알면서도 모른 척하고 있었다. 아홉 살 이후 나는 친구가 없었던 것이다. 낯선 해니 모습이 싫지만은 않았다.

"해니야, 나 이제 기분 나아졌으니까 걱정 마."

"으이구, 이제야 원래 우주 같다. 까칠한 게 영 너답지 않았는데, 이제 이 언니는 안심하고 집에 간다."

해니가 손을 흔들었다. 자신이 중요한 사실을 말한지도 모른 채 멀어져갔다. 까칠한 게 나답지 않다니. 해니가 알고 있는 우주는 다정하고 친절했던 걸까. 자전거 사건을 해니가 다르게 받아들인 게 아니었다. 내 태도가 달랐던 것이다. 내내 해니 탓을 하고 해니를 주눅 들게 만든 것은 나였다. 이곳의 나는 나이면서 나와 달랐다.

내 방에 올라와 커튼 사이로 밖을 내다보았다. 해니가 멀리 걸어가는 게 보였다.

휴대폰에서 미른 전화번호를 지웠다. 그리고 눈을 감고 아무 생각도 안 하려고 했다. 눈을 다시 떴을 때는 내 머릿속에서도 미른 전화번호를 지우리라 생각하면서 귀에 이어폰을 꽂았다. 하파의 목소리가 머릿속을 대신 채웠다. 〈바다〉. 아아아. 대부분의 가사가 '아아아' 하는 목소리 울림뿐이었지만, 나는 하파 마음을 읽을 수 있었다. 이 노래를 만들었을 때, 하파는 외로웠을 것이다. 이유 없이 밀려 나오는 한숨을 삼키려다가 공기 중으로 밀어냈을 것이다. 지금 나처럼. 당장 하파가 노래하는 바다에 달려가고 싶다.

이렇게 잔잔한 바다는 처음이었어.
내 마음도 이러면 얼마나 좋을까.
웃음도 울음도 다 들어 있는 파도야, 도와주겠니?

아직도 하파가 썼던 글을 잊을 수 없었다. 동쪽 바다에 다녀온 뒤 〈바다〉라는 곡을 썼다며 올려놓은 글이었다. 노래를 들을 때마다 그 글이 떠올랐다. 꼭 딴 세상 사람 같은 하파. 내 마음을 위로해주는 단 한 사람이다.
지금 그대로 받아들이자.
지금 그대로. 지금 이 상태 그대로. 언젠가는 지금도 과거가 될 것이다. 아깝지 않도록 현재에 충실해야 한다. 1분 1초. 언제 원래대로 돌아갈지는 모르지만, 그래서 더 현재가 소중하다.

"지금이 좋아."

내 목소리가 다른 사람 목소리처럼 들렸다. 마음을 정했다. 나는 지금 그대로, 이대로 살아갈 것이다. 이 모든 것을 받아들이면서. 해니와도 잘 지내고, 엄마한테도 잘 하고, 열심히…… 부지런히…….

귀에 꽂은 이어폰을 빼지 않고 무한 반복으로 〈바다〉를 들으며 눈을 감았다.

처음으로 잠이 잘 왔다. 꿈도 꾸지 않고 푹 잔 것은, 빛이 번쩍인 이후 처음이었다.

8

거울은 깨달음의 도구가 아니라 헤맴의 도구이다
- 〈공각기동대2- 이노센스〉(2004)

"설마, 현실에 안주하기로 결정한 거야?"

집을 나서다가 소스라치게 놀랐다. 그 남자 엑스가 또 'X' 티셔츠를 입고 우리 집 앞에 툭 튀어나왔기 때문이다.

"아, 씨발. 깜짝이야!"

"와, 너 성격만 거친 게 아니라, 입도 거칠구나."

엑스가 능글맞게 웃었다. 한번 잘생겼다는 걸 깨닫고 보니 기분 나쁘게 웃는 것도 잘생겨 보였다.

"왜 쫓아다니는 거예요? 이상한 짓이라도 하려고요?"

만일을 대비해서 전화기에 112를 찍고 위협적으로 내보였다. 엑스는 하하 웃으며 내 전화기를 가볍게 손가락으로 내렸다. 어딜 대충 넘어가려고? 금방이라도 통화 버튼을 누를 수 있게 자세를 취했다.

"뭘 신고까지? 후회할 텐데? 난 널 도와주려는 사람이거든."

"도와준다고요?"

"너 도움이 필요하지? 난 다 알아."

엑스는 내 상황을 알고 있는 듯이 말했다. 그럴 리가 없다. 내가 말하지 않는 한, 아니 말한다고 해도 아무도 이해 못할 텐데, 한낱 며칠 전 처음 마주친 이 남자가 뭘 알 리 없다.

"남 일에 신경 끄시죠."

"하루아침에 낯선 곳에 왔으니 남을 못 믿을 만도 하지. 나같이 멋진 사람도 말이야."

숨이 멎는 것 같았다. 낯선 곳? 뭔가를 아는 말투였다.

"낯선 곳이라니……."

"너 혹시 그냥 세상이 좀 이상해진 거라고 여긴 건 아니겠지? 나 좀 초월한 사람으로 보이지 않아? 나는 생각보다 많은 걸 알고 있어. 적어도 너보다는 많이 알지."

가만히 엑스를 훑어보았다. 신발부터 머리끝까지. 확실히 기이한 분위기를 풍기기는 한다. 한여름에 긴팔 옷을 입은 것도 특이하다.

"혹시…… 도를 아십니까? 같은 거?"

"뭐? 못 믿겠으면 나를 따라와. 보여줄게."

생각 없이 따라나서려다가 정신이 번쩍 들었다.

"내가 왜 당신을 따라가요? 뭘 믿고?"

"오는 게 좋을걸. 가서 보면 너도 깜짝 놀랄 거야. 내기해도 좋아. 만약 네가 놀랄 만한 일이 없으면, 내가 다시는 네 앞에 얼씬도 안 하지."

"만약 내가 지면요? 돈이라도 뜯을 건가요? 절값이라던가?"

"아니. 난 아무것도 필요 없어. 네가 저절로 나를 찾게 될 테니까. 내가 필요한 건 너와 한 팀이 되는 것뿐이야."

엑스 말에 마음이 흔들렸다. 따라가지 않으면 후회할 것 같다는 예감이 불현듯 들었다. 엑스는 자신 있는 얼굴로 나를 내려다보았다.

"얼마나 걸려요? 보여준다는 걸 보고 오는데?"

"여기서 택시 타고 20분도 안 걸려. 보는 순간 모든 걸 알게 될 테니 설명할 시간도 필요 없이 20분이면 될 거야."

나는 안전을 위해 휴대폰을 엑스 앞에 들이댔다. 순순히 따라가기만 할 정도로 멍청하지 않았다.

찰칵.

"왜 내 사진을 찍어?"

엑스가 뭐라고 하든 나는 해니에게 전화를 걸었다.

"해니야, 내가 지금 사진 한 장 보낼게. 30분 안에 내가 다시 전화 안 하면 그 사람 경찰에 신고해. 알았지?"

"뭐야? 무슨 일이야?"

"걱정 말고 그냥 그렇게 해줘."

해니에게 일단 사진을 보냈다. 엑스가 재미있다는 표정으로 팔짱을 끼고 바라봤다.

"너 생각보다 대단하다. 당돌하다고 해야 하나? 마음에 드는데? 그럼 준비 다 됐으면 이제 가볼까?"

우리는 택시에 탔다. 엑스의 차에 타야 하지 않는 게 다행이었다. 목적지는 한 상가였다. 재건축이 결정되었다가 차일피일 미뤄져 폐가처럼 변한 곳으로, 상가 주변 건물도 사람이 살지 않는지 을씨년스러웠다. 지나가는 차들이 없었더라면 선뜻 택시에서 내리지 못했을 것이다.

엑스는 앞장서서 3층까지 걸어 올라갔다. 1층과 2층에는 과거 분식집과 옷가게 등을 운영한 듯한 가게가 있었지만, 모두 텅 비어 있었다. 오랫동안 드나드는 이가 없었는지 여기저기 먼지가 쌓여 있었다.

"여기 뭐가 있다고 그래요? 아무것도 없는데."

"영업은 안 하지만 여기 아무도 없는 건 아니야. 넌 아무것도 느

껴지지 않아? 떨림 같은 파동이나 아니면 두통, 간질간질한 느낌이
라도."

"먼지가 많아서 목이 간지럽긴 해요. 나 코랑 목이 좀 약하단 말
이에요."

엑스는 내가 재채기를 하든 말든 신경 쓰지 않았다. 무슨 일이
일어나도 자기 갈 길만 가겠다는 신념을 가진 사람처럼 앞만 보고
걸었다. 뒤따르는 나를 신경 쓰지 않는 게 오히려 마음이 놓였다.

"여기야. 한번 들어가봐. 닫혀 있는 문은 하나밖에 없을 거야. 거
기 네가 봐야 할 것이 있어."

텅 비어 있는 소아과였다. 문짝에 병아리 소아과라는 별 고민 없
이 지은 이름이 떡하니 달려 있었다.

"밖에서 문 닫고 가두는 거 아니에요? 먼저 들어가세요. 그래야
나도 들어갈 테니까."

"지금 안에 위험할 만한 건 아무것도 없어. 그래도 정 의심스러
우면 내가 병실 앞까지 같이 가주지."

엑스가 멈춘 곳은 입원실이었다. 주사실이나 진료실 등 다른 문
은 열려 있었으나 입원실만 굳게 닫혔다. 마치 뭔가를 꽁꽁 숨겨놓
은 것처럼.

"열어봐."

선뜻 열 수 없었다. 마치 판도라의 상자를 건드는 기분이 들었으

니까. 알아버리면 안 될 걸 보게 될 거라는 걸 어렴풋이 알 수 있었다. 손잡이를 잡았지만, 돌리는 데는 많은 용기가 필요했다.

"빨리 보는 게 좋을걸. 네 친구 해니와 약속한 시간도 다 되어가는데. 나 잡혀가게 할 거야?"

"알겠다고요. 내가 뭐 무서워서 이러는 줄 알아요?"

눈을 질끈 감고 문을 열어젖혔다. 예쁜 벽지를 바른 입원실에는 침대가 두 개 있었고, 그중 하나에 환자가 누워 있었다. 산소마스크를 해서 얼굴이 잘 보이지 않았지만, 깊은 잠을 자는 듯했다. 한쪽에 놓인 발전기. 심장박동을 체크하는 기계. 시간이 멈추고 죽어버린 건물에서 이 방만 여전히 살아 숨 쉬는 공간이었다.

"쟤는 누구예요? 여자애 같은데."

"가까이 가서 봐. 아주 자세히. 지금은 마주 봐도 좋아. 아직 눈을 뜰 위험은 전혀 없으니까."

홀린 듯 그 여자애 곁에 다가갔다. 다가갈수록 익숙한 느낌이 들어 내가 아는 애라는 확신이 들었다. 눈을 감고 산소마스크를 끼고 있어도 알 수 있었다. 긴 눈매와 동그란 코끝. 얼굴에 비해 커다란 귀. 이 얼굴은 내가 자주 마주치는 얼굴이었다.

"악!"

소리를 지르다가 입을 틀어막았다. 그 아이가 깰까 봐 겁이 났다.

"왜…… 왜……."

나였다. 깊은 잠을 자고 있는 이 아이는 바로 나였다. 머리칼 길이가 좀 짧지만, 그래도 나와 꼭 닮았다.

"해니에게 전화 안 해? 해니가 신고하면 어쩌려고?"

엑스가 독촉했다. 떨리는 손으로 해니에게 전화를 걸었다. 괜찮다고, 아무 일 없다고, 나중에 말해주겠다고 해니를 달래면서도 나는 내가 무슨 말을 지껄이는지 몰랐다. 머릿속으로는 왜 나와 똑같이 생긴 아이가 내 앞에 누워 있는지 생각하느라 바빴다.

마침내 정신을 차려보니 나는 진작 끊어진 전화기를 들고, 또 다른 나를 보고 있었다. 내가 또 있다니. 이게 어떻게 된 일이지? 이 세상이 변한 게 아니라 내가 다른 세상에 오게 된 건가? 여기 여태까지 살아온 또 다른 우주가 나와 함께 공존하리라고 상상 못한 내가 바보였다. 이 애가 바로 체육중학교에 다니는 우주였다.

"어때? 내 말이 맞지? 내가 이긴 거다. 하하."

"그런데 얘…… 그러니까 내가…… 왜 이렇게 누워 있게 된 거예요?"

"차에 치였어. 차 주인이 무슨 사정이 있어서 여기 데려다 놓고 개인적으로 치료를 하고 있는 거야."

"빠, 빨리 병원에 가야 하는 거 아니에요?"

"여기서도 충분한 치료를 받고 있으니까 그건 걱정 마. 병원에 가면 경찰에도 신고해야 하는 거 알지? 단순히 길 가다 쓰러져서 얘가 여기 누워 있는 게 아니잖아. 이건 사고라고."

"경찰에 신고하면 되죠. 이렇게 만들고도 병원에 안 데려간 범인을 잡아야 하니까요."

"경찰에 신고하면 어떻게 되는 줄 알아? 애 부모한테도 연락이 간다고. 즉, 네 엄마 아빠한테. 그럼 너는 어쩔 건데?"

머릿속이 하얘졌다. 그럼 나는 어떻게 되는 거지? 숨겨진 쌍둥이라고 속일 수도 없고. 나는 도망가야 하나? 나조차 헷갈리는 내 존재를 어떻게 설명해야 하는가.

"너 도플갱어라고 알아?"

"마주치면 죽는다는…… 똑같이 생긴 사람 아니에요?"

"그래. 나중에 얘가 깨어나서 둘이 눈이 마주치거나 상대의 목소리를 들으면 둘 중 하나는 죽을 거야."

"목소리만 들어도요?"

"그래. 눈빛이나 목소리가 전도체 역할을 한다고 볼 수 있지. 한 생명체는 일정한 에너지를 가지고 있어. 지금 저 애가 누워 있어서 네가 멀쩡한 거지만, 만약 깨어 있다면 같은 에너지를 나눠 써야 하는 거야. 그리고 둘이 교감하고 교류하게 될수록 에너지가 한쪽으로 기울게 되지. 만약 지금이라도 저 애가 눈을 뜬다면 아주 큰 일이 벌어질 거야."

무슨 말인지는 모르지만, 굴러온 돌이 박힌 돌을 빼낼 수는 없다. 죽는 쪽은 내가 될 것이다. 결국 나는 가짜 우주가 되어 평생 숨어 살아야 하는 것이다. 기껏 엄마를 다시 만났는데 주위를 맴돌며 먼발치에서 구경만 해야 한다.

"이제 나가자. 곧 그 사람이 올 거야."

"그 사람이라면 사고를 낸 사람 말이에요? 어떤 사람인지 봤어요?"

"물론. 내가 여길 어떻게 알았을 것 같아? 처음부터 말했지? 나는 뭐든지 다 알 수 있다고. 그 사람한테 들키면 일이 복잡해져. 꼭 고릴라처럼 생긴 무시무시한 놈이거든."

"그럼 나, 아니 쟤는요? 놔두고 가도 돼요?"

"당장 어쩌려고? 나중에 계획을 세워서 다시 오자. 아까도 말했지만, 치료는 잘 이루어지고 있으니까 그 점은 걱정 말고."

엑스가 등을 떠밀었다. 우리는 택시를 타고 다시 집으로 왔다. 엑스는 차 안에서 아무 말 없이 창밖만 바라봤다. 나는 무심코 하늘파란의 노래를 들으려다가 하파의 블로그가 생각났다. 블로그 주소로 접속했지만, 없는 주소라고 나왔다. 한 번 더 확인한 기분이었다. 노래는 내가 저장해둔 것이라 존재했지만, 아무리 검색을 해도 블로그는 없었다. 하늘파란이라는 밴드, 하파라는 가수는 존재하지 않았다.

혼란스럽다. 내가 왜 이 이상한 세상에 떨어진 걸까. 지금 있는 자리는 내 자리가 아니다. 누워 있는 내가 깨어나길 바랄 수도 깨어나지 않길 바랄 수도 없다.

집 앞에 해니가 서 있는 걸 본 엑스는 자신은 내리지 않고 나만 내리라고 했다.

"오늘은 우리 둘만의 회의를 하기 곤란하겠다. 또 올게. 잘 가."

엑스가 탄 택시가 멀어져 가자, 해니가 걱정스런 얼굴로 다가왔다.

"무슨 일이야? 택시에 같이 있던 사람은 누구야? 아까 네가 사진 찍어서 보내준 그 사람이지?"

"아, 아냐. 그냥 합승한 거야."

"합승? 아닌 거 같은데?"

"너 나랑 얼마나 친해?"

"당연히 많이 친하지. 우리 가장 친한 친구잖아."

사실 대답을 듣지 않아도 나는 알고 있었다. 해니가 나를 얼마나 좋아하는지. 누군가 나를 진심으로 생각한다는 사실이 얼마나 감격스러운 일인가.

그런데 오늘 알아버렸다. 해니가 좋아하는 사람은 내가 아니라 이곳에 있는 우주, 또 다른 우주라는 걸. 지금 산소마스크를 쓰고 누워 있는 그 애라는 걸. 까칠하고 제멋대로인 내가 아니라 해니를 동등한 친구로 대하던 우주가 그 주인공이었다.

나는 남의 자리를 빼앗은 사람이다. 해니가 보내는 우정은 나에게로 올 것이 아니다. 하지만 그렇다고 해서 내가 순순히 물러가야 하는 걸까? 그럼 나는? 내 자리는 어디 있는데?

"해니야, 너 있잖아. 나도 좋지?"

"응? 그게 무슨 소리야? 당연히 좋아한다니까. 그보다 아까 무슨 일인데?"

"별일 아니야. 그냥 누구랑 얘기하다가…… 장난으로 내기한 거야."

"누구? 내가 모르는 남자던데."

"뭐 그냥……."

"진짜 말 안 해줄 거야?"

해니가 장난스럽게 손가락으로 내 옆구리를 쿡 찌르고 삐친 척을 했다. 해니가 더욱 소중하게 여겨졌다.

내가 다시 돌아갈 수 있는 길은 없을지도 모른다. 그렇다면, 여기 있는 엄마와 아빠, 해니가 내 전부다. 빼앗길 수는 없다. 어차피 여기 있는 우주는 혼수상태다. 깨어난다는 보장은 없다. 나는 여기 이대로 있어도 괜찮을 것이다. 게다가 난 아무 잘못도 하지 않았다. 내가 차에 치이게 만든 것도 아니잖아.

나는 애써 이곳에 있는 또 다른 우주에 대한 생각을 지웠다. 그 애가 깨어나면 그때 생각해도 늦지 않을 것이다. 죄책감 같은 건 당분간 잊어버리고 싶다.

9

이 거대한 우주에 우리만 있다면, 엄청난 공간의 낭비겠죠.
— 〈콘택트〉(1997)

엑스는 다시 오겠다는 약속을 지켰다. 다음 날, 나를 찾아온 것
이다. 이번에는 허름한 병원이 아닌, 자기 사무실로 나를 데려갔다.
우리 집에서 멀지 않은 곳에 있는 신축 오피스텔 안에 사무실이 있
었다. '퀵서비스 센터-물류 배달'이라는 그럴듯한 문패가 붙어 있
었다. 엑스에게 직업이 있다는 사실이 놀라웠다.

철제 책상 위에 컴퓨터, 책장에 있는 책들, 그리고 한쪽에 쌓여
진 종이 상자들. 오토바이 헬멧과 회사 모자와 유니폼, 상호명이
인쇄된 포장 테이프…… . 정말 일을 하기는 하는 모양새였다.

"배달하는 일 해요?"

"내가 하고 싶을 때만. 어디 속해 있는 직원이 아니라서 이 직업이 굉장히 편하고, 내 적성에도 맞거든. 불특정 다수의 사람도 만날 수 있고 말이야."

"그런데 장사는 잘 안 되나 봐요? 직원도 없고 한가하신 걸 보니."

"난 바쁜 건 싫어. 그래서 일하기 싫을 때는 적당히 둘러대서 거절하기도 해."

굳이 돈에 연연하지 않는 엑스의 말에 사무실을 다시 둘러보게 되었다. 취미로 하는 사무실치고는 번지르르했다. 화장실 문에도 돋을새김으로 장식이 되어 있을 정도로 섬세한 인테리어가 되어 있었다. 손가락으로 새겨진 장식을 매만져보았다. 먼지 하나 쌓여 있지 않을 정도로 깨끗했다.

"화장실은 못 써. 창고로 쓰고 있거든. 미안하지만 화장실을 써야겠다면 1층 로비를 써줄래?"

"그냥 만져본 거예요. 사무실 구경은 됐고. 제가 알고 싶은 거나 말해주시죠. 우리가 나눠야 할 대화가 아주 많은 걸로 아는데요."

"너부터 말해봐. 묻고 싶은 게 뭐야?"

나는 밤새 정리한 생각을 되새겨보았다. 가장 먼저 꺼낼 말을 선뜻 결정할 수가 없었다. 잠시 뜸을 들이다가 가장 궁금한 것부터 묻기로 했다.

"왜 내가 또 있어요? 여긴 다른 세상인 건가요? 어떻게 그런 일이 있을 수 있죠?"

엑스는 화이트보드 앞으로 갔다. 하얀 보드 위에 검은 펜이 무수히 많은 동그라미를 그려냈다.

"이 세상은 수많은 우주로 이루어져 있지. 아, 물론 네 이름 우주를 말하는 건 아니야. 평행우주를 말하는 거지. 우주는 가능성을 이르는 다른 말이기도 해. 예를 들어 그런 거야. 너희 엄마가 너를 임신했을 때, 그 뱃속의 아기가 딸일 수도 있고 아들일 수도 있었어."

"그런데 제가 여자니까 당연히 딸이죠."

"확률을 말하는 거야. 여기서 이 우주가 둘로 갈라져. 딸을 낳았을 때의 우주와 아들을 낳았을 때의 우주."

"결론적으로는 엄마가 딸을 낳았잖아요."

"아냐. 그게 아니야. 지금 내가 설명하는 건 가능성의 잔가지를 말하는 거라고. 그럼 일단 딸을 가진 상황으로 가보자. 딸이 태어났지만, 그게 너일 수도 있고, 아닐 수도 있어. 여기서 또 우주가 가지를 치지. 네가 태어난 우주, 다른 아이가 태어날 가능성이 있는 수많은 우주."

"그래서요?"

"이번에도 가지를 타고 네가 있는 우주로 가보자. 그게 지금 너를 있게 한 거니까. 그 우주에서도 너는 다른 인격이 될 확률이 있지. 그건 작은 선택의 차이로 인해서도 갈라져. 확률이 손톱만큼이라도 있다면 모든 것이 이루어질 가능성이 있어."

"그건 좀 알 것 같네요. 자전거 사고 때문에 여기 있는 제가 운동을 시작했다고 했거든요. 나는 반대로 싫어하게 되었는데."

"그렇지. 그런 가능성의 수만큼 평행우주가 생기는 거야. 그중의 하나가 이 세상이야. 넌 다른 우주에서 온 거고."

엑스는 그림을 정리해서 다시 그려주었다. 수많은 가지들이 뻗어 있었고 그중 하나에 A, 다른 하나에 B라고 표시되었다. A가 내가 살던 곳이었고, B가 지금 이곳이었다.

"웩. 어려워요. 학교 수업보다 더 복잡해요."

"어쨌든 넌 저쪽 우주에서 이쪽 우주로 건너왔어. 어떻게 건너왔는지 그건 나도 아직 정확히 몰라. 내가 연구해야 할 게 바로 그거지."

엑스가 음료수 캔을 따서 내밀었다. 진작 줄 것이지. 목구멍에 꿀꺽꿀꺽 탄산음료를 흘려 넣었다. 급히 들이켠 탓에 목이 타는 것처럼 따가웠다.

"두 번째 질문이에요. 그럼 당신은 어떻게 이런 걸 다 알고 있죠? 왜 나를 도우려고 하죠?"

"그 대답은 간단해. 이미 많은 과학자들이 양자학이란 이름으로 이런 연구를 해왔어. 새삼 새로운 학문도 아니지. 그런데 나는 어렸을 때 머리가 비상했기 때문에 이 모든 걸 태어날 때부터 알고 있었다고 할까."

"한마디로 천재라서 안다는 소리?"

"그거야!"

"웃기시네요."

"꼭 기시감 같은 거야. 교묘한 떨림과 움직임을 감지할 수 있거든. 나는 공기의 흐름이 다름을 느껴. 네 주위도 그래. 미세한 차이를 가진 시간이 너를 감싸고 있어. 네가 온 곳과 이곳은 시간 흐름이 다를 거야. 이쪽은 빨리 돌아가고 네 쪽은 느리게 가고. 그러다가 우연히 일치하는 시간을 만났고, 여러 가지 조건이 우연히 충족되었기 때문에 넌 그 사이를 통과해 날아온 거지. 큰 톱니바퀴, 작은 톱니바퀴가 맞물려 돌아가다가 빨간 점이 일치했다고 하면 되려나?"

"아뇨. 못 알아듣겠어요."

엑스는 다시 그림을 그렸다. 뭔지 모르겠지만, 대충 알 것 같았다. 한마디로 나는 더럽게 재수가 없어서 우연히 여기 온 것이다.

"너는 날 믿어야 해. 나 머리가 아주 좋거든."

"아까는 미세한 떨림? 그런 걸 느낀다면서요. 그럼 초능력자예요?"

"초능력이라고 지칭한다면 그런 거겠지. 본능적으로 가진 재능이니까. 어쨌든 널 보는 순간 깜짝 놀랐어. 이곳 누구에게서도 볼 수 없는 기운을 느꼈거든. 여기 본래 있는 게 아니라 다른 사람의 기운을 빼앗아 쓰고 있는 걸 느꼈지. 네가 어떻게 이곳에 온 건지 난 꼭 알고 싶어. 내 능력에 대한 비밀을 푸는 데도 도움이 될 거야. 이제 그날 있었던 일에 대해 말해줄래?"

나는 시키는 대로 순순히 다 말했다. 빅뱅 실험을 녹화하며 파스타를 삶다가 잠깐 땅에 떨어진 달팽이 반지를 주우려는 사이에 빛이 번쩍이고 이런 일이 벌어졌다는 이야기. 엑스가 잘난 척하는 건 꼴 보기 싫었지만, 결국 엑스밖에 믿을 사람이 없었다. 경찰서에 가도, 119에 신고를 해도 우리 집으로 돌아갈 방법을 찾을 길은 없다. 믿을 건 모든 걸 이미 알고 접근한 엑스뿐이다. 마치 〈터미네이터〉 2편처럼. 나쁜 터미네이터 T-1000에게서 주인공을 지키기 위해 미래에서 온 착한 터미네이터. 그게 바로 엑스다.

이야기를 다 들은 엑스가 한숨을 푹 내쉬었다.

"뒤집힌 거야."

"뒤집혀요?"

"빅뱅 실험이 뭔가 연관이 있는 것 같다. 네가 마침 있던 그 지점이 뒤집히는 기점이 되었던 것 같아. 이곳에 온 뒤로 시간이 과거로 온 것처럼 여겨졌다고 했지만, 그저 그곳 시간과 이곳 시간이 달라서일 거야."

과학과는 거리가 먼 나지만, 눈앞에 그 모습을 간단히 표현하는 한 장면이 떠올랐다. 꼭 테디 베어를 만들 때와 같다. 창구멍을 놔두고 바느질을 한 다음에 뒤집었을 때, 잘 뒤집지 않으면 실오라기한 올이 튀어나오기도 한다. 바로 내가 그 실오라기인 것이다.

"좋아. 잠깐만 기다려봐."

엑스가 상자 안을 뒤적였다. 상자는 단순한 배달용 상자가 아니었다. 엑스가 하는 연구를 보호하고 위장하기 위한 자료를 모아둔 것 같았다. 엑스는 뭐가 없다고 중얼거리더니 뒤에 쌓인 다른 상자를 살피러 안쪽으로 들어갔다. 나는 그동안 남은 음료수를 마시며 책상 위를 훑어보았다.

책상 위는 주인 성격을 말해주듯 깔끔하게 정리되어 있었다. 소설책 한 권과 만년필, 노트북 컴퓨터. 책 사이에 A4용지를 반으로 접어 갈피를 해놓은 게 눈에 띄었다. 기사를 프린트한 종이였다.

영어로 적혀 있는 외국 기사였지만, 사진과 함께 익숙한 이름이 한눈에 들어왔다.

mido Jin

하얀 실험 가운을 입은 엄마가 다른 연구자와 심각한 얼굴로 뭔가를 들여다보고 있는 사진이었다.

"아, 찾았다! 여기 있었네."

엑스가 상자 사이에서 일어섰다. 나는 얼른 기사를 도로 책 사이에 넣고 덮었다. 운동신경이라고는 손톱만큼도 없는 나치고는 아주 재빠른 행동이었다.

"뭐, 뭔데요?"

"내가 만든 측정기야. 이걸 늘 지니고 다니면, 네가 이 세상과 접촉하면서 생성되는 반응이 기록되지. 그걸 다시 나에게 가져다주기만 하면 돼. 나는 그걸 조사할 거고, 어디에서 어떻게 시공간이 틀어졌는지 알아낼 단서를 얻을 수 있겠지. 그럼 할 수 있어. 돌아갈 수 있다고."

"돌아간다고요??"

"물론 그러려면 네 협조가 필요해."

"뭐, 뭔가 굉장히 과학적인 거 같긴 한데, 또 말도 안 되는 것 같기도 하고 그러네요."

"사실 과학적이라고 할 수도 없지. 초자연적인 현실에 가까울 수 있어. 세상은 우리가 아는 게 전부는 아니야."

측정기라는 건 평범해 보이는 휴대폰 줄이었다. 엑스는 내 휴대폰에 측정기를 달아주었다. 측정기가 신기한 것보다 도대체 왜 우리 엄마 기사가 책 사이에 있는 것인지 궁금했다. 최근 기사인 걸로 봐서는 얼마 전 다녀왔다는 해외 출장 중 찍힌 사진처럼 보인다. 엄마 연구와 이 일이 관련이 있는 걸까?

엑스가 모으고 있던 수많은 관련 자료 중 하나일 가능성도 있었다. 엄마가 이 분야 전문가라는 건 이쪽 전공자 대부분이 알고 있는 사실이니까.

"이제 갈게요."

"내가 집까지 데려다 줄게."

"아니에요. 괜찮아요."

"그래?"

엑스에게 너무 의지하고 싶지는 않았다. 일단 돌아갈 방법이 있다는 걸 알아서 마음이 놓였으나, 막상 이렇게 되니 혼란스럽기도 했다. 이 모든 걸 버리고 간다는 것은 커다란 결심을 하지 않으면 어려운 일이다. 게다가 돌아가봤자 짜증나고 싫은 일상이 그대로 이어질 뿐이다. 원래 내 세상에서 행복했다고 말할 수도 없었다.

나는 걷다가 버스를 타려고 했지만, 생각을 하다 보니 마냥 걷게 되었다. 많이 걸어서 결정할 수 있는 문제라면 손쉬울 것 같았다. 그러나 걸음 수가 늘어가 어떤 미래를 선택할지 결정하기는 힘들었다. 하늘을 올려다보았다. 금세 햇살을 눈으로 가려야 했지만, 잠시나마 드넓은 하늘이 눈앞에 펼쳐졌다. 광활한 우주 속에 사는 나란 존재가 작은 티끌처럼 느껴진다. 우주가 셀 수 없을 만큼 많이 존재하는 걸 알았으니. 엄마, 아빠, 해니. 아무에게도 털어놓을 수 없는 일이다.

발길이 닿는 곳 아무 데나 걸어가다 보니 도착한 곳은 몇 번 와 본 적이 있는 도넛 가게였다. 미른이 아르바이트를 하는 도넛 가게. 비싼 청바지를 사고 유행하는 운동화를 사기 위해 아르바이트를 하는 그 가게다.

여길 왜 와버린 거야.

내 발을 탓하고 있을 때, 웅성거리는 소리가 들렸다. 가게 홍보 전단지를 나눠주는 왕 도넛 탈 인형이 초등학생 남자애들에게 둘러싸여 있었다.

내가 왜 여길 왔는지 한심해서 헛웃음이 나왔다.

전에는 미른이 아르바이트가 끝날 때까지 이 앞에서 종종 기다리곤 했다. 미른은 내가 기다리거나 말거나 아르바이트만 했다. 끝나고 도넛 하나 가지고 나오는 법이 없었다. 차가운 왕자님. 당시 내 눈에는 그런 행동도 멋있게 보였지만, 지금 와서 생각해보면 조금은 화가 나는 일이다.

"이 도넛 뭐야? 더럽게 못생겼네."

"우리 패줄까?"

순진하고 귀엽게 생긴 초등학생 애들이 왕도넛을 발로 차며 건드리더니 급기야 집단 구타하기 시작했다. 왕도넛은 말은 못하고 손바닥을 마주 비비며 싹싹 빌었다. 나는 우스꽝스러운 이 장면을 보면서도 미른을 생각했다.

이곳 우주에서도 미른은 여기서 아르바이트를 할까? 어딘가에서 도넛을 튀기거나 손님을 맞는 미른이 있을 것 같아 그냥 지나칠 수 없었다. 까치발까지 하고 매장 안을 들여다봤다. 날씨가 좋아 햇빛이 유리에 비치는 통에 실내가 잘 보이지 않았다. 그때 왕도넛이 나에게 스윽 다가왔다. 초등학생들은 그새 흥미를 잃고 갔는지 보이지 않았다. 더운데 왜 가까이 와. 귀찮게. 내 속도 모르고 왕도넛이 내 얼굴에 동그란 얼굴을 바싹 들이밀었다.

"역시 너구나!"

인형 안에서 어디서 들어본 목소리가 소리쳤다.

"나야, 강이, 신강! 나 여기서 알바 해!"

"신강?"

착한 곰돌이 인형 같던 남자애가 떠올랐다. 처음 만난 그날 이후 내내 잊고 있었다.

"너도 여기서 일해? 미른이랑?"

"응. 미른하고 같이. 미른은 인형 탈 아니고 카운터 담당인데, 오늘 안 나오는 날이야."

"아."

미른이 없다는 게 서운했다. 보려고 일부러 온 것도 아니면서.

"잠깐만 기다려. 나 지금 끝났어."

"아니야. 놀러 온 것도 아닌데 뭐. 그냥 도넛 몇 개 사가지고 집에 가려고."

"아냐. 잠깐만!"

왕도넛이 뒤뚱뒤뚱 엉덩이춤을 추며 가게 안으로 뛰어 들어갔다. 왜인지는 모르지만 기다리라고 해줘서 기뻤다. 사실 누가 돼도 좋으니 같이 있을 사람이 필요했는지 모른다. 누군가에게 연락을 할 용기가 안 났을 뿐이다. 조금 뒤 왕도넛을 벗어 던진, 땀범벅인 그 애가 튀어나왔다. 손에 종류별로 하나씩 도넛 열두 개가 들려 있었다.

"오래 기다렸지? 미안해."

"아냐. 한 1분밖에 안 걸린 거 같은데? 넌 입에 미안하다는 말을 달고 사는구나?"

"내가 그랬나?"

머리를 긁적이는 모습이 바보 같았지만, 불편하지는 않았다. 조금 전 초등학교 애들에게 맞던 모습이 떠올랐다. 묘하게 왕도넛과 비슷한 애다. 둥글둥글하고 늘 환한 얼굴이고. 만약 아까 미른이 왕도넛 인형이었다면 어땠을까? 초등학생 애들을 발로 걸어차고 욕이라도 해주지 않았을까? 아예 저런 우스꽝스러운 알바를 할 생각도 안 했을 것이다.

잠시 걷던 신강이 먼저 입을 열었다.

"우리 더운데, 시원한 빙수 먹으러 갈래?"

"뭐, 그러든지."

"나 맛있는 빙수 파는 집 알아. 그거 먹으면 기분이 나아질 거야."

나는 기분이 안 좋다는 말을 한 적 없는데, 신강은 그렇게 말했다.

우리는 어느 초등학교 앞에 있는 작은 분식집으로 들어갔다. 떡볶이가 맛있어 보였고, 아주머니가 착해 보였지만, 맛있는 빙수가 나올 법한 집은 아니었다. 방학이라도 손님이 꽤 있긴 했지만 그저 작고 소박한 분식집이었다. 빙수는 알록달록하게 꾸며진 빙수 전문점이나 카페에 가서 먹어야 제 맛일 텐데.

"어휴, 오늘 참 덥지? 빙수 줄까?"

아주머니 말에 신강은 가볍게 고개를 끄덕였다. 아주머니는 별말을 더 하지 않고 안으로 들어갔다. 드르륵드르륵. 얼음 가는 소리가 시원하게 새어 나왔다.

"예쁜 여학생, 많이 먹어요."

아주머니 친절만큼 빙수는 나쁘지 않았다. 솔직히 말해서 맛있었다. 굉장히.

"나 원래 팥 안 먹는데, 이건 되게 맛있다."

"그렇지? 팥을 직접 삶거든."

"아. 그런 거야? 난 팥을 삶아야 하는지도 몰랐어. 원래 팥이 이런 건 줄 알았어."

"더 먹을래?"

"아니. 더 먹으면 배탈 날 거 같아."

"그럼 나가자."

꼭 남자가 사야 한다는 논리는 질색이다. 게다가 남자 친구도 아닌데. 재빨리 벽에 붙은 가격표를 봤다. 지갑을 꺼내는데, 신강이 내 팔을 막았다.

"안 내도 돼."

"아냐. 내가 살게."

"괜찮아."

보통 괜찮다는 의미는 자신이 사겠다는 말이다. 그런데 신강은 갑자기 내 손목을 움켜잡았다.

"뛰어!"

나는 신강에 이끌려 순식간에 밖으로 나왔다. 신강은 가게가 멀어질 때까지 뛰었다. 돈이 없는 것도 아닌데, 무전취식을 하다니. 하지만 다시 들어가서 돈을 치르기에는 너무 늦었다. 하릴없이 뛰는 수밖에.

공원까지 오자, 숨이 가빠왔다. 저번에 신강이 따라왔고, 엑스가 나타났던 그 공원까지 온 것이다.

"야, 너 미쳤어?"

"미안. 재미는 있었지?"

"재미는 무슨. 다시 가서 돈 드리고 와!"

"그래도 이렇게 도망가는 동안 고민하던 거 잊었지 않아?"

그건 신강 말이 맞았다. 도망치느라 내 일에 대해서는 까맣게 잊고 있었으니까. 하지만 이건 엄연히 도둑질이다.

"그래도 안 돼. 나 다시 가서 돈 드리고 올래. 내가 싸가지가 없긴 해도 도둑은 아니거든!"

죄송하다고 장난이었다고 사과할 생각을 하니 벌써부터 얼굴이 화끈거렸다. 신강이 당황하며 나를 붙잡았다.

"그러지 않아도 돼. 그 집 우리 가게야."

"뭐? 너희 가게?"

"그 아줌마 우리 엄마란 말이야. 내 친구들한테는 돈 안 받아."

그러고 보니 아주머니랑 신강이 좀 닮은 것 같기도 하다. 문득 아주머니가 나에게 예쁜 여학생이라고 한 말이 생각났다. 설마 나랑 얘 사이 오해한 건 아니겠지?

"그럼 왜 서로 모르는 사이인 척했어?"

"모른 척은 무슨. 그냥 원래 쓸데없는 말 잘 안 해."

"하긴 나도 엄마 아빠랑 말 잘 안 해."

기껏 빙수 먹고 시원해진 몸이 땀범벅이 되었지만, 기분은 많이 나아졌다. 그래서 신강을 용서해주기로 했다.

"이제 집에 갈게. 오늘 고마웠어. 빙수도 맛있게 잘 먹었다고 어머니께 전해드려."

"잠깐만. 내, 내가 데려다 줄게!"

신강 얼굴이 순식간에 빨개졌다. 바보 자식. 내가 사실은 자기 친구 미른 여자 친구라는 걸 알면 어떤 얼굴을 할까?

"됐어. 멀지도 않고 대낮인데 뭐."

"그, 그래도 요즘에 연쇄살인범 돌아다녀서 위험하단 말이야."

연쇄살인범 얘기는 웃겼지만, 신강이 기특하다는 생각이 들어서 따라오게 놔두었다. 그러고 보니 미른은 한 번도 집에 잘 들어가는지 걱정해준 적이 없었다. 밤에 갈 때도 있었는데 말이다. 데려다 주는 건 나도 싫지만, 그래도 잘 들어갔는지 확인 전화라도 할 수 있는 일이었다. 왜 당시에는 몰랐던 일들이 지금 자꾸 생각날까? 바보처럼.

신강은 신이 나서 우리 집 앞까지 왔다. 한 동네이기 때문에 우리가 함께 걸은 건 짧은 시간이었다. 저번에 만난 것까지 합쳐도 신강을 오래 알았다고 하기 어렵다. 그렇지만 꼭 오랜 친구처럼 편안한 시간이었다. 다음번에 만났을 때는 '친구'라고 생각하고 싶었다. 신강이 어떻게 생각할지는 모르지만, 적어도 잠시 고민에서 벗어난 시간을 갖게 해주어서 고마웠다.

1O

장수와 변영을.
- 〈스타 트렉〉(2009)

또 모르는 번호로 전화가 왔다. 전에도 몇 번 걸려온 번호였는데, 오늘은 아침부터 신경 쓰이게 계속 왔다. 침대 이불 속에 휴대폰을 넣어두고 잊으려 했지만, 자꾸 내 신경세포를 콕콕 쑤셨다.

여태까지 모르는 번호로 걸려오는 전화는 죄다 받지 않았다. 전화기는 내가 들고 온 그대로였지만, 이곳에 온 뒤로 유독 모르는 번호로 전화가 많이 걸려왔다. 이곳 우주의 지인들일지도 모른다. 내가 알기로는 이곳 우주와 내 전화는 번호가 같다. 해니가 같은 번호로 전화를 거는 걸 보면 알 수 있다. 그럼 원래 여기 사는 우주 전화기는 어떻게 된 거지? 전화기 두 대가 동시에 울리는 건 아닐 테고, 사고를 당했을 때 부수어져 못 쓰게 된 걸까?

따르르릉.

또 같은 번호에서 전화가 왔다. 더는 외면할 수 없었고 궁금했다. 침대에 벌러덩 누워 짐짓 아무렇지도 않은 듯이 전화를 받았다.

"여보세요?"

"3학년 우, 주?"

잔뜩 화가 난 아저씨가 다짜고짜 나를 찾았다.

"예?"

"너 왜 연락이 안 돼! 너 미쳤어? 연습 다 빠지고 오늘부터 합숙인 거 몰라?"

아차. 방학에 한다는 그 훈련인지 연습인지 그거?

"죄, 죄송합니다!"

나도 모르게 전화를 그대로 끊어버렸다. 아저씨가 나를 나무라니까 겁이 났다. 조금만 더 통화하다가는 이곳의 주인인 허들 선수 우주가 아닌 평범하고 바느질을 좋아하는 여중생 우주라는 걸 눈치챌 것만 같았다.

또 전화가 걸려올까 봐 서둘러 왕재수에게 전화를 걸었다.

"아빠아!"

나는 최대한 착하고 애교 많은 딸 목소리를 끄집어내어 아빠를 불렀다.

"우리 딸, 왜?"

아빠는 당연히 내 애교를 반겼다. 예전에는 원하는 것을 얻기 위해 곧잘 아빠에게 애교를 부리곤 했다. 어느 순간 그마저도 민망해졌지만.

"나 허들 연습할 때 연습시키는 선생님 알아? 남자."

"알지. 코치님이잖아."

"코치님한테 전화해서 당분간 나 아파서 못 나간다고 말해주면 안 돼?"

"왜? 어디 아파?"

삐삐. 통화 중 전화 연결 대기 신호가 들렸다. 그 아저씨가 또 전화한 것 같았다. 쫓기고 있는 기분이 들어 심장이 졸아들었다. 그냥 선생님도 아니고 코치 선생님이라니까 더 무서웠다.

"어? 나 더워서. 더우면 뛰기 힘들잖아."

"더워? 실내 체육관에서 연습하는데?"

"어. 그렇지……."

저런.

"뭐 어쨌든 알았어. 우리 딸이 하기 싫다는데 아빠가 그거 하나 못해주겠냐?"

아빠, 역시 아빠가 최고다.

"그럼 지금 당장 전화해. 알았지?"

"그으래. 아빠가 알아서 둘러댈게."

아빠가 모처럼 위대하게 여겨졌다. 엄마가 있어서인지 아빠를 대하는 것도 조금은 쉽다. 엄마가 없을 때는 참, 어렵기만 했는데. 아니 그것보다 혼자 있는 아빠를 보는 것만으로도 짜증이 났다. 그런데 이럴 때 도움을 받을 만한 사람은 결국 아빠였다.

잠깐 휴대폰을 꺼두었다가 아빠 통화가 끝났을 즈음에 다시 켰다. 켜자마자 기다렸다는 듯이 휴대폰이 몸을 떨며 울렸다.

엑스였다. 엑스라는 걸 알자마자 여태까지 있는지도 모르던 휴대폰 줄이 눈에 들어왔다. 미니 측정기라는 설명을 들었지만, 믿어지지 않았다. 작은 레고 블록처럼 생겼다.

혹시 도청기는 아닐까?

안개에 휩싸인 것처럼 뚜렷하지 않은 엑스. 답답해서 거대한 선풍기를 틀어서라도 안개를 날려버리고 싶다.

멍하니 있는 사이에 울리던 전화가 끊겼다.

전화를 다시 걸면 간단한 일이었지만, 어쩐지 불안하고 찜찜했다. 전화를 받았어야 하는 거 아닐까?

나는 사실 엑스와 통화할 자신이 없었다. 돌아갈 방법을 찾아준다고 하는데도 망설여졌다. 아직 돌아가고 싶지 않다. 가봤자 좋은 일이 있는 것도 아니고 엄마가 있는 것도 아니니까. 아직 엄마를 또 보낼 준비가 되어 있지 않다. 다만 그 아이는 마음에 걸렸다. 또 다른 나. 원래 이 세계의 주인. 결코 그 애에게서 삶을 빼앗지는 않을 것이다.

별생각 없이 창밖을 내다보았다. 엑스가 우리 집 앞에 서 있었다. 퀵서비스 배달원 복장을 했지만, 엑스라는 건 단번에 알 수 있었다. 창밖 풍경과 지나치게 동화되어 존재감을 감추고 있는 것이 도리어 작위적으로 여겨졌기 때문이다. 카멜레온 같았다. 다른 사람이라면 누가 거기 서 있다는 것도 몰랐을 것이다. 그러나 나는 불편한 분위기를 감지할 수 있었다.

아직 손에 쥐고 있던 휴대폰을 얼른 내려놓았다. 내가 전화를 일부러 안 받았다고 생각하게 할 수 없었다.

엑스가 갑자기 위를 올려다봤다. 눈이 마주쳤다. 순간 온몸에 오스스 소름이 돋았다. 몰래 지켜보다가 들킨 것이 민망하기보다는 두려웠다. 엑스는 손바닥을 보였다. 그리고 검지와 중지를 붙이고 약지와 소지를 붙인 채 중지와 약지 사이를 벌려 'V'자를 만들었다. 저건.

"〈스타 트렉〉?"

그게 무슨 인사인지 깨닫자, 소름이 다시 돋았다. 방금 전 돋았던 소름과는 차원이 다른 서늘함이 온몸에 퍼졌다. 생각에 잠길 틈도 없이 전화벨이 울렸다. 엑스가 왼손을 그대로 고정한 채 다른 손으로 휴대폰을 들고 있었다.

"장수와 번영을."

"예?"

"나도 그 영화를 좋아해. 우주 아빠처럼."

엑스는 우리 엄마만 아는 게 아니었다. 우리 아빠에 대해서도 알았다. 역시 책 사이에 있던 신문 기사는 엄마에 대한 뒷조사 중 하나였다. 머리가 찌릿찌릿 아파왔다.

"무슨 뜻이에요?"

"그냥 그렇다고. 아버님이 쓰시는 칼럼을 구독하거든."

아빠 칼럼이 인기가 좋긴 하다. 운영하는 블로그에 올리는 글은 늘 〈스타 트렉〉의 벌칸족 인사말로 끝난다. 그런데 엑스가 그 인사를 하자, 꼭 경고처럼 들렸다.

"이렇게 얼굴 보면서도 전화로만 얘기하는 게 좀 그러네? 나오지 그래? 오늘은 차를 가져왔으니까 어딜 좀 가보자고."

"어디를요?"

대답 없이 전화가 끊겼다. 엑스는 미련 없이 돌아서더니 한쪽에 세워진 승합차로 걸어갔다. 당연히 내가 따라오리라는 전제하에 하는 행동이었다. 승합차도 유니폼에 있는 단순한 로고와 함께 '퀵서비스'라고만 쓰여 있었다.

집을 나오면서 무인경비 시스템까지 잘 확인한 뒤에야 퀵서비스 차로 갔다. 엑스는 운전석에 앉아 모자를 앞으로 눌러쓴 채 휘파람을 불고 있었다.

"어디 갈 건데요?"

"일단 타."

망설이다가 옆 좌석에 탔다. 뒤에 타면 수상하게 생각할 것 같았다. 차 안은 사무실에 있는 책상과 비슷했다. 어지러운 듯하면서도 계산하에 정돈되어 있는 느낌이 들었다. 한마디로 일부러 어지럽힌 것처럼 보이게 해놓은 것이다.

"차원의 흐름이 비틀린 곳을 찾아냈어. 잘하면 일이 쉽게 풀릴 거야. 돌아갈 수 있게 되니까 신 나지?"

돌아간다고? 엄마 얼굴이 가장 먼저 떠올랐다. 해니와 진짜 친구 관계로 지내는 것도 좋았고, 아빠와도 이제 잘 지내볼 수 있을 것 같았다. 신강이라는 새 친구도 얻었다. 돌아가서 이 모든 게 사라질 일을 생각하니 덜컥 겁이 났다. 나는 생각보다 달라진 세상에 잘 적응하고 있었다. 새롭게 살아볼 기회를 얻은 기분이었다.

"생각해봤는데요, 그냥 여기서 이렇게 사는 것도 괜찮을 것 같아요. 가족도 그대로고 친구도 거의 그대로니까 하나도 안 불편해요. 그러니까 이제 돌아갈 방법은 안 찾으셔도 돼요."

"그게 무슨 말이야? 너도 돌아가고 싶은 거 아니었어?"

"처음에는 뭘 따지고 할 것도 없이 당연히 가야 된다고 생각했는데요, 그런데 지금은 모르겠어요. 여기가 이전 세상보다 나은 것 같아요. 할 말 다 했으니까 저 갈게요."

어떤 꾸지람을 들을지 두려워 재빨리 차에서 내렸다. 차가 출발하지 않은 게 다행이었다.

"야, 잠깐만!"

"참, 이것도 도로 가져가세요."

나는 휴대폰 줄을 떼어 창문 틈으로 밀어주었다. 엑스는 별말 없이 그걸 받아 주머니에 넣었다.

"별거 기록 안 됐을 테니까 기대는 마세요. 작동되는 거 같지도 않더라고요."

"잘 작동되고 있었을 테니 걱정 마."

"그래도 별거 기록 안 됐을 거예요. 계속 집에만 있었거든요."

"잘했어."

잘했다는 말이 의미심장하게 들렸다. 상황에 맞지 않는 말이었음에도.

"그럼 안녕히 가세요."

나답지 않게 예의 바르게 인사를 했다. 신경 써주었는데, 이래저래 미안하게 되었다. 그리고 나중에 마음이 변해 돌아가고 싶어질지도 모를 일이니 관계를 유지해두고 싶었다.

엑스는 크게 동요하지 않고 담담했다. 하지만 내게 말하는 것인지, 혼잣말인지 모를 말을 중얼거렸다.

"그래도 연구는 계속할 거야. 나는 균형이 깨지는 걸 바라지 않거든. 그러고 보니까 이름이 참 마음에 들어. '주'. 주 예수 그리스도인가?"

대답하지 않고 집으로 들어왔다. 처음 공원에서 엑스가 뒤쫓아왔을 때 느꼈던 기분 나쁜 섬뜩함이 되살아났다. 집 주위에 기이한 공기가 흐르고 있었다. 문이 잘 잠겼는지 확인하고, 내 방으로 올라와 커튼을 쳤다. 커튼 뒤로 몸을 숨기고 밖을 내다보았다.

엑스가 탄 차가 떠나고 있었다. 천천히 부드럽게 움직이는 차에서 어떤 노여움도 느낄 수 없었다. 처음에는 다행이라고 생각했지만, 이내 고개를 내저었다. 엑스는 늘 감정을 내비치지 않았다. 풍경 속에 자신의 존재도 지우는 사람이었다. 차를 어떤 식으로 운전하는지로 속마음을 짐작하는 건 불가능했다.

나는 가만히 손가락 사이를 벌려 엑스의 차 뒤꽁무니에 벌칸족 인사를 했다.

"장수와 번영을."

모처럼 엄마가 일찍 집에 왔다. 우리는 우리 집 유일한 규칙, '밥은 되도록 모여서 먹는다'를 온 가족이 실천했다. 살면서 이게 좋은 규칙이라고 여긴 적이 한 번도 없었다. 늘 귀찮고 유치하며 비효율적이라고 생각했다.

그러나 한번 가족을 잃어보았던 사람에게는 소중한 시간이다. 엑스가 돌아갈 방법을 찾지 않는다고 해도, 언제 어디서 갑자기 빛이 번쩍일지 모른다. 이곳에 올 때 그랬던 것처럼 내 의지와 상관없이 돌아갈 수도 있다. 나는 진지하고 비장한 마음으로 식탁 앞에 앉았다.

오늘은 아빠가 요리를 했다. 메뉴는 즉석 햄버그스테이크. 데우기만 하면 되면서 무슨 대단한 요리를 하는 것처럼 부엌을 한바탕 어질러놓았다.

"아빠는 뭐 먹다가 크게 체한 적 없어?"

"없어. 아빠는 소화력이 진짜진짜 좋거든. 돌도 씹어 먹어."

"맞아. 네 아빠는 술도 안주 없이 꿀꺽꿀꺽 얼마나 잘 소화시키는지 몰라."

엄마가 자신이 한 농담이 재미난지 와하하 웃었다. 재미가 하나도 없었는데, 아빠는 엄마 비위를 맞추려는 듯 뒤늦게 따라 웃었다.

행복하게 웃고 있는 엄마 아빠를 본 기억이 아주 오래전처럼 여겨졌다. 2년을 넘어 더 옛날 옛적으로. 이런 장면을 얼마나 더 볼 수 있을까?

언제까지라도 이곳에 있을 수는 없을까?

내가 남의 자리를 빼앗은 거라는 건 안다. 하지만 그 애는 많이 아파 보였다. 죽을 수도 있다. 만약 자기 딸이 죽을 위기에 처해 있다고 하면 엄마 아빠가 얼마나 슬퍼할까? 아프다는 걸 아는 것만으로도 저렇게 행복하게 웃지 못할 것이다. 그러니까 내가 여기 이 자리를 차지하고 있는 게 나쁜 일만은 아니다. 다들 행복하게 만드니까, 내 자리는 바로 여기, 엄마 맞은편 식탁 의자 위다.

저녁을 먹고 나서 방학 숙제를 해야겠다고 핑계를 대고 방에 올라가 문을 닫았다. 연습장을 한 장씩 찢어냈다. 여태까지 한 낙서들을 갈기갈기 찢어 휴지통에 넣었다. 증거 인멸. 내가 진짜가 아니라는 걸 들켜서는 안 된다. 주변 사람 누구에게도 털어놓지 않은 건 잘한 일이었다. 완벽하게 여기 우주가 되어야 한다. 만약 그 애가 살아난다면? 그건 그때 가서 생각해도 된다.

"여보, 괜찮아?"

아래층이 소란스러웠다. 엄마 목소리가 다급했다. 무슨 일인가 싶어 계단을 구르듯 뛰어 내려갔다.

"엄마, 왜?"

"네 아빠…… 아빠가…….."

아빠가 얼굴이 하얗게 질려 변기를 잡고 토하고 있었다. 엄마는 의학 용어를 구사하며 병명을 진단하는 대신 어쩔 줄을 몰라 했다. 이건 진짜 위급 상황이라는 뜻이었다.

"엄마, 구급차 불러야지!"

결국 아빠는 구급차에 실려 병원으로 갔다. 병명은 소화 불량. 급체였다. 나는 알았다. 아빠가 다시는 햄버그스테이크를 먹지 못하게 되리라는 것을.

거실에 혼자 남아 새하얗게 질린 내 얼굴을 거울에 비추어보았다. 아빠가 걱정되어서가 아니라 다른 가능성에 대해 알아버렸기 때문이다. 설마. 그런 식으로 일이 돌아가게 되는 건가. 아빠는 결국 햄버그스테이크를 먹고 체했다. 이쪽과 저쪽. 일어나지 않은 일은 아직 일어나지 않았을 뿐, 결국 일어나게 되는 건가? 운명처럼. 일이 벌어진 시기만 다르지 결과는 같다면, 엄마는? 나는 소파에 얼굴을 묻었다. 일어날지 안 일어날지 모르는 잔인한 미래에 대해 생각하고 싶지 않았다.

11

미래는 백지야. 자네가 직접 만드는 것이라네, 멋진 인생을.
– 〈백 투 더 퓨처 3〉(1990)

엑스의 퀵서비스 차가 우리 동네에 서 있었다. 마치 언제나 거기 서 있던 것처럼 자리를 잡고 자연스럽게 주차되어 있었다. 다른 사람들은 낯선 차라는 걸 눈치채지 못할 것이다. 엑스의 위장술은 걸치고 있는 옷이나 차에도 고스란히 이어졌다. 나에게는 통하지 않았다. 저번에 나를 찾아왔을 때를 제외하고는 그 차가 거기 서 있는 걸 본 적이 없었다.

나는 한참 방에서 차를 내려다보다가 밖으로 나왔다. 엑스가 나오길 기다렸지만, 처음 차를 발견한 시점부터 한 시간이 넘도록 엑스는 나올 기색이 없었다. 하는 수 없이 차 안을 들여다봤다. 역시 아무도 없었다. 어딜 간 거지? 날 보러 온 게 아니었나? 차를 그대로 지나쳐 사거리 손약국으로 걸음을 옮겼다.

아빠는 응급실에서 치료를 받고 돌아와서도 좀처럼 나아지지 않았다. 처방 받아 지어 먹은 약도 효험을 발휘하지 못했다. 아빠는 기운이 없고, 뭔가를 먹기만 해도 구토를 했으며, 열까지 났다. 나는 햄버그스테이크의 저주가 드디어 시작된 거라는 걸 알았다. 저쪽 우주에서 체했을 때도 아빠는 사흘은 거의 굶고, 이틀은 죽을 먹어가며 이겨냈다. 그때 아빠를 낫게 한 것이 사거리 손약국 아저씨였다. 이번에도 그 아저씨라면 좋은 약을 처방해줄 수 있을 것이다.

엑스가 어딘가에서 보고 있을지도 모른다는 것을 의식하며 걸었다. 혹시 따라오나 싶어서 갑자기 돌아보기도 했지만, 누군가 따라오는 느낌은 없었다. 정말 배달 업무 때문에 온 것인데 내가 예민한지도 모른다.

"어서 오세요."

여전히 약국 아저씨는 친절했지만, 나를 몰랐다. 당연히.

"무엇을 도와드릴까요?"

"저희 아빠가요, 그러니까…… 혹시 우현서 씨 아시나요?"

"우리 가게 단골이신가요?"

약국 아저씨는 나를 모르듯이 우리 아빠도 몰랐다. 엄마가 살아 있으니까 아빠는 비디오테이프 동호회에 가입하지 않았을 것이다. 당연한 일인데, 미처 생각을 못 했다. 나는 아빠 모습을 머릿속에 그려보았다.

"키는 176 정도 되고, 체격은 평균이고, 살은 안 쪘지만 배만 약간 나온 오십 살쯤…… 아니 40대로 보이는 아저씨예요. 어제 저녁에 즉석으로 조리하는 햄버그스테이크를 먹고 체했거든요. 토하고 열이 나서 응급실에 다녀왔고요."

"응급실에 다녀왔는데도 낫지 않아서 따님이 약국에 왔군요?"

"예, 맞아요."

"흐음."

약국 아저씨는 약들을 둘러보다가 약상자 두 개를 집었다.

"이거랑 이걸 함께 드시면 좋을 것 같네요."

"그럼 나으실까요?"

"그건 장담할 수 없지만, 좀 호전되실 거예요."

믿어요. 아저씨는 이전에도 한 번 성공했으니까요.

약국 아저씨가 이제는 나를 모른다는 사실 때문인지 서운한 기분이 들었다. 그래도 내 유일한 맹목적 팬이었는데.

"어? 손아림!"

약국 아저씨가 갑자기 밖을 보며 외쳤다. 길 건너 쪽에 아림이가 횡단보도 위에 서 있었다. 신호등이 빨간 불인데도, 차가 좀 안 온다 싶으면 찻길로 내려섰다가 차가 쌩 지나가면 인도로 올라서기를 반복하며 장난을 쳤다.

"아, 저러면 안 되는데. 또 저러네."

약국 아저씨는 나를 내버려두고 밖으로 나갔다. 내가 있다는 것을 잊은 것처럼 보였다. 그때 약국 아저씨 딸 아림이의 사망 원인이 교통사고였다는 것이 머리를 스치고 지나갔다. 불안하다. 왜 불안하지? 사고가 난 건 저쪽 우주에서 일어난 일이잖아. 하지만 일어날 일은 결국 일어나고 마는지 모른다.

"안 돼, 아림아!"

큰 소리에 놀라 횡단보도를 봤다. 약국 아저씨가 아직 이쪽에 서서 소리치고 있었다. 아림이는 인도로 올라서 헤헤 웃었다. 약국 아저씨에게 알려주어야 한다. 아빠가 햄버그스테이크를 먹고 체한 것처럼. 뒤늦게라도 일어날 수 있다. 그러나 어떻게 설명해야 하는지 난감했다. 예언자 행세를 할 수도 없고, 어떤 식으로 설명해도 믿어주지 않을 터였다.

마침내 파란불로 바뀌었다. 약국 아저씨는 아림이를 못 오게 하고 자신이 뛰어가 아림이를 안아 올렸다.

"휴."

긴장이 풀리면서 순간 충고를 해주려던 내가 바보처럼 여겨졌다. 꼭 일어나리라는 보장도 없는 일이다. 약국 아저씨는 내가 누군지도 모르는데, 별 참견을 한다고 생각할 것이다.

"죄송해요, 손님. 애가 워낙 개구쟁이라서……."

약국 아저씨는 내가 낸 돈을 받아 들며 사과했다.

"아빠, 나 모자 친구랑 또 놀아도 돼?"

아림이가 속도 없이 재잘댔다. 재잘대는 소리를 듣기 싫어서 도망치듯 약국을 빠져나왔다. 내가 뭔 상관이람. 오지랖이다. 다시는 신경 안 쓸 것이다.

길을 건너기 위해 모퉁이를 돌았다.

"안녕?"

기다란 손가락을 가진 손이 눈앞에 나타나 흔들렸다. 손가락만 봐도 누군지 알 수 있었다. 몸매처럼 잘 빠진 손가락을 가진 엑스였다.

"좋은 말로 할 때 그만하세요."

"반갑다고 인사하는데 왜?"

"그게 아니라 왜 또 스토킹을 하냐는 거예요."

"스토킹이라니? 난 일하는 중인데."

엑스가 모자챙을 내려 적혀 있는 글자를 보여주었다. '퀵서비스'라고 한글로 새겨져 있었다. 엑스는 배달 작업복도 그럴싸하게 소화했다. 비단 모델 몸매여서가 아니라, 평생 퀵서비스 배달만 해온 사람처럼 자연스럽게 스며들어 소화한다는 것이다. 전국에 수천

명은 될 법한 흔한 배달원. 인파 속에 서 있으면 모르고 지나칠 것이다. 사실은 다채로운 색을 가졌지만, 일부러 색깔을 빼고 흑백처럼 사는 사람이다.

엑스는 내가 자신을 훑어보는 걸 느끼고는 머쓱해했다. 그런 시선에 익숙하지 않은 듯했다. 나를 설득하러 왔을 것이다. 그러나 내 마음이 그렇게 쉽게 움직일 성싶지는 않다.

"그럼 계속 일하세요. 저는 이만 갈게요."

나는 공원을 끼고 돌아서 집에 가기로 했다. 엑스는 아무 말도 없이 나를 따라왔다. 내 뒤에서 딱 세 걸음 떨어져서. 가깝지도 멀지도 않게 걸었다. 길게 드리워진 그림자같이. 엑스가 뒤에 있다는 것만으로도 무거운 짐을 안고 있는 것 같았다. 도망치듯 빨리 걸었다. 엑스와 다른 세상, 사고를 당해 누워 있는 이곳의 나. 떨쳐버리려고 해도 나를 짓누르는 요소들이다. 할 수만 있다면 멀리 떨어뜨려놓고 잊고 싶다. 그것만 아니라면 좀 더 홀가분하게 이 세상을 누릴 수 있을 것 같다. 온전히 나만 생각할 수 있다면.

뜻밖에도 공원 앞에서 해니와 미른을 보았다. 둘은 다정하게 손을 잡고 걷고 있었다. 질투심이 들기보다는 부러웠다. 나는 전에 미른과 손을 잡고 다녀본 적이 없었다. 미른은 그런 걸 귀찮아했다.

엑스가 성큼성큼 세 걸음을 따라잡아 내 옆에 섰다. 그다음부터는 나와 속도를 맞춰 걸었다.

"우주야!"

엑스에게 정신이 팔린 사이에 해니가 나를 알아보고 달려왔다. 귀찮은 자리가 생기면 바로 도망갈 줄 알았던 엑스는 무슨 꿍꿍이에서인지 꿈쩍도 안 하고 내 옆을 지켰다.

"누구셔?"

해니 눈이 반짝였다.

"신경 쓰지 마. 그냥 택배 아저씨야."

"우주 친구구나? 친구 만났는데, 미안하네. 우리는 갈 데가 있어서."

엑스는 신경 쓰지 말라는 내 말과는 상반되게 신경 쓰이게 굴었다. 내 손을 덥석 잡은 것이다. 나는 해니가 수상하게 여길까 봐 손을 뿌리치지도 못하고 어색하게 웃었다. 해니는 잔뜩 궁금한 얼굴로 나와 엑스를 번갈아 보았다. 나는 얼굴을 찡그리며 해니에게 눈짓했다.

내가 나중에 설명할게.

"아, 우리도 어디 가는 중이라…… 그럼 우주야, 다음에 보자!"

해니가 미른을 데리고 멀어져 갔다. 미른 눈길이 신경 쓰였다. 미른은 아무 말도 없이 이 상황을 지켜봤지만, 분명히 엑스를 내 남자 친구라 여겼을 것이다. 두 아이가 멀어지자, 나는 황급히 엑스가 잡은 손을 뿌리쳤다.

"미쳤어요? 쟤네가 우리 사귀는 줄 알잖아요!"

"무슨 상관인데? 네 우주로 돌아가면 저 아이들은 평생 만날 일이 없을 텐데."

"아저씨는 나랑 뭔 상관인데요? 왜 마음대로 일을 이렇게 만들어요?"

"너랑 나랑 어떤 상관이 있을지도 모르지. 원래 인연이라는 건 그런 것 아니겠어? 그보다 이럴 시간 없어. 힘을 합쳐서 문제를 풀어도 모자랄 판에."

"싫어요! 이제 확실한 대답이 됐나요? 나 안 가요. 아무 데도 안 가고 여기서 살 거예요. 여기나 거기나 다 똑같은데 왜 돌아가야 하는데요?"

엑스가 모자를 푹 눌러쓰고 한숨을 내쉬었다.

"여기가 진짜 네 자리라고 생각해?"

짐짓 진지한 목소리에 아무 대거리도 할 수 없었다. 여태까지 들었던 엑스 목소리 중에서 가장 무겁게 가라앉은 소리였다. 내가 아무 말도 하지 않으니까 엑스는 자기 차로 걸어갔다. 햇살이 뜨겁게 내리쬐었다. 그러고 보니 이번 방학은 여느 여름보다 덥고 햇살이 뜨겁다. 방학식 날부터 지금까지 비가 온 적이 한 번도 없었다. 이곳 세상은 비가 원래 안 내릴지도 모른다. 나는 여기 사람이 아니라는 게 상기되었다.

엑스가 차에 탔다.

"마지막이야. 다시 말할게. 넌 지금 다른 사람의 자리를 빼앗은 거야. 너랑 똑같이 생긴 사람이라고 해서 네가 마음대로 운명을 결정할 수 있는 게 아니라고. 소유할 수 있는 게 아니니까. 세상은 그렇게 돌아가는 게 아니야. 신은 모든 인간의 운명을 정해두었지. 우주와 우주는 다 다르지만, 균형이 필요한데 넌 이 우주를 넘치게 만들고 있어. 그렇게 혼돈을 초래한 건 너면서 희생은 왜 남이 하게 만드는 거야?"

엑스는 먼 곳에 있는 무언가를 보는 것처럼 멍한 눈을 했다. 꼭 넋이 나간 사람처럼도 보였다. 하지만 그건 중요한 게 아니었다. 엑스가 하는 말이 내 가슴에 콕콕 박혔다. 나도 알았지만 일부러 외면하던 진실이었다. 알아. 안다고. 하지만 지겨운 현실로 돌아갈 수는 없어. 엄마는 어떻게 하고? 내 엄마는?

엑스는 나를 그냥 놔두고 차를 타고 가버렸다. 남의 속은 다 뒤집어놓고 떠날 때는 뒤도 안 돌아보았다. 나는 한동안 그 자리에 서 있었다. 엑스가 원하는 게 무엇인지, 정말 균형인지 정의인지를 유지하려는 것인지 알쏭달쏭했다. 단지 내가 올바른 선택을 하게 만들기 위해서 나를 설득하는 데 많은 시간을 보내는 엑스가 이해되지 않았다.

얼마 지나지 않아 해니에게서 메시지가 왔다.

너 남자 친구 생긴 거 왜 말 안 했어?
저번에 나한테 사진 보낸 그 남자 맞지?
이따 전화해!

해니는 누구에게 남자 친구가 생겼다고 생각한 걸까? 나일까? 운영을 하지 않는 상가 병원 병실에 누워 있는 우주이겠지? 나는 해니에게 답장을 보낼 자격이 있을까? 엑스의 말대로라면 해니는 내 친구가 아니다. 내가 아니라 다른 인격, 다른 삶을 가진 이곳 우주의 친구로, 내가 아는 해니와도 다른 사람이다. 여기 엄마도 아빠도 나에게 주어진 게 아니다. 나는 도둑년이다. 삶을 통째로 도둑질한 도둑년.

차마 답을 보낼 수 없었다. 내 방에 돌아와 애꿎은 연습장에 거친 선을 죽죽 그을 뿐이었다. 머물기로 마음을 정했는데, 자꾸 그 선택이 잘못되었다는 생각이 든다. 당황스럽다.

"아냐! 싫어, 싫다고!"

어쨌거나 이건 내 미래다. 의사가 그랬잖아. 과거에 연연하지 말고 현재에 충실해서 미래로 나아가라고. 그러니까 내 마음대로 할 거야! 다들 내 인생에서 꺼지란 말이야!

12

우리가 꿈을 꾸는 동안 그건 진짜 같지.
깨어나서야 그게 이상했다고 느끼는 거야.
- 〈인셉션〉(2010)

내가 서 있다. 내 방 한가운데. 테디 베어가 없는 걸로 봐서는 내 방이 아니라 다른 나, 우주의 방이다. 어쨌든 나는 무표정한 얼굴이다.

왜, 왜 그랬어?

내가 말한다. 누군가에게 손을 내민다. 그러고 보니 방 한가운데 있는 것은 내가 아니다. 나는 그 애를 바라보고 있는 쪽이다. 그 애는 나와 똑같이 생긴 또 다른 우주일 뿐이다.

왜 그랬어?

그 애가 다시 말한다. 나는 미안하다고 말하려 하지만, 말이 나오질 않는다. 마치 입이 딱 붙어버린 것 같다. 아니, 입이 없는 것 같다. 그걸 깨닫는 순간 놀라 얼굴을 만져본다. 눈·코·입 아무것도 없는 듯 밋밋한 얼굴만이 만져진다.

반면 그 애는 눈도 코도 입도 다 그대로이다. 그 애가 눈물을 흘리기 시작한다. 눈물이 흐르고 또 흘러 자꾸 흐른다. 방 안에 물이 차기 시작한다. 물은 점점 차올라 내 목까지 차오른다. 숨이 턱 막힌다. 눈도 코도 입도 없는 내가 숨이 막힌다.

답답하다.

머릿속이 터져버릴 것만 같다. 내 머리가 계속 바람이 들어가 빵빵해진 풍선이 된 것 같다. 나는 온몸의 숨을 끌어모아 머리로 보낸다. 소리치고 싶다. 힘을 준다. 입이 있어야 할 자리가 투두둑 터진다. 꿰맨 자리였던 듯 실밥이 잔뜩 빠져나온다.

"안 돼!"

"안 돼!"

"왜 그래, 우주야? 뭐가 안 돼?"

엄마가 놀란 눈으로 나를 내려다보고 있었다.

"엄마."

엄마가 내 방 안에 함께 있다는 것만으로도 마음이 놓였다. 엄마는 빨아서 갠 내 옷을 서랍장 안에 넣고 있었다.

"엄마, 오늘은 안 바빠?"

"바쁘지. 종일 연구실에 박혀 있어야 해. 그런데 입을 옷이 하나도 없잖아. 너 빨래 안 돌리고 뭐 했니?"

"어? 미안."

빨래를 생각할 정신이 없었다. 당연한 일이다.

"사과할 것까진 없는데, 맡은 집안일은 철저히 해야지. 급속으로 건조까지 하면 한 시간도 안 걸리잖아. 엄마 어렸을 때는 빨랫줄에 널어야 해서 그것도 얼마나 일이었는데. 요즘 세상 좋아졌지."

모처럼 엄마는 평범한 아줌마처럼 잔소리를 했다. 듣기 나쁘지 않았다. 2년 전 그날 돌이킬 수 없는 일이 일어난 뒤에야 나는 알고 말았다. 듣기 싫던 엄마 잔소리도 그리워질 날이 있다는 것을. 문득 그런 생각이 드니까 눈물이 나오려고 했다.

"엄마, 엄마는 나를, 그러니까 우, 주를 좋아하지?"

"당연하지. 뭘 그런 걸 물어봐?"

엄마가 서랍을 경쾌하게 탁 닫으며 말했다. 엄마가 사랑하는 건 내가 아니라 다른 우주일 것이다.

"만약에 내가 교통사고가 나서 어딘가에 혼자 누워 있으면 엄마는 어떨 것 같아?"

"무슨 그렇게 끔찍한 소리를 하니? 그런 일 없으니까 걱정 마. 너 없어지면 엄마랑 아빠가 가만히 있을 것 같아? 세상 다 뒤집어 서라도 널 찾아내지."

마음이 쿵 내려앉았다. 누워 있는 우주 얼굴이 떠올랐다. 허름한 병실에 혼자 누워 있는 걸 보고서도 나는 엑스의 말대로 했다. 지금은 안 된다고, 나중에 다시 찾으러 오면 된다고 버리고 와버렸다. 그리고 그 뒤에 나는 엑스와 잡았던 손도 놓았다. 다시 찾으러 가고 싶지 않았는지도 모른다. 그 애가 아직도 혼자 누워 있는 걸 보면 누군가에게 알리지 않고는 못 배길 것 같다. 알고 있다는 사실 자체를 잊었으면 좋겠다. 내가 이 자리를 차지하지 않았더라면 두 번째 우주는 진작 엄마 아빠 품으로 돌아왔을지도 모른다.

"엄마…… 미안해."

"얘가 진짜 왜 이래? 빨래 미룬 게 미안하긴 해? 앞으로 잘해."

나는 계단을 내려가는 엄마 모습을 뚫어져라 보았다. 내 눈 속에 새겨두려고 보고 또 보았다. 잊지 말아야지.

도움이 필요하다.

거울을 물끄러미 보며 누구에게 도움을 청해야 할지 생각했다. 거울 속에는 나와 똑같지만, 결코 나 같지 않은 형상이 있었다. 오히려 꿈속에 나온 그 애와 비슷했다. 미안해야 할 대상이 엄마가 아니라 그 애라는 걸 나는 처음부터 알고 있었다. 내 마음 깊은 곳에 꽁꽁 숨겨두었을 뿐이다.

"미안해."

거울 속 나도 똑같은 말을 했다. 엑스 말이 맞았다. 그 애는 결코 내 마음대로 할 수 있는 내 소유물이 아니다. 마음속에 숨겨놓은 진실을 엑스가 자꾸 꺼내려고 들춰서 화가 났던 것이다. 옳은 말이 아니었다면 동요하지도 않았을 것이다. 이 세상의 주인이 누구인지 나는 잘 알고 있었다.

엑스를 만나기에 앞서 한 번 더 그 애를 보고 싶었다. 하지만 혼자 가기는 두려웠다. 그 애를 숨겨둔 장본인이 돌아오기라도 한다면, 나까지 죽이려 들지 모른다. 물론 병실에 대한 공포는 비단 그것뿐만은 아니다. 그 애가 누워 있는 모습을 혼자 보는 것이 더 두려웠다. 갑자기 그 애가 깨어난다든가 하는 문제는 차치하더라도, 살아 있어도 죽은 것이나 다름없는 거울을 마주하는 게 힘들었다.

해니에게 전화를 걸었다. 해니에게만은 모든 걸 말할 수도 있겠다는 생각이 들었으니까. 그리고 어떤 방식으로든 믿어주리라는 확신이 있었으니까.

신호음이 길게만 느껴졌다.

딸깍.

"해니야!"

"아, 나 미른이야. 해니가 어제 나 알바 하는 데 놀러 왔다가 휴대폰을 두고 갔어."

"아……."

"오늘 가지러 온다고 했으니까 좀 있다가 전화해."

해니와 통화하지 못했지만, 오랜만에 미른과 통화를 하니까 새로웠다. 나는 당장 미른이 아르바이트를 하는 도넛 가게로 달려가고 싶어졌다. 어차피 해니도 그곳으로 간다고 했으니 그곳에서 만나면 된다며 정당화를 하고 있었다.

내가 도착했을 때는 해니가 없었다. 막상 미른을 보자, 속상해졌다. 역시 미른은 잘생기고 키도 크고 멋있다. 아무리 생각해도 아깝다. 미른 같은 남자 친구가 있는 것을 부러워하던 수많은 여자애들이 떠올랐다. 그중에는 해니도 있었다.

미른은 나에게 가벼운 인사만 하고 방금 손님이 나간 테이블을 닦았다.

"해니는?"

"해니 보러 직접 온 거야? 방금 왔다가 갔는데? 전화해봐."

"벌써?"

"학원 간다고 하던데?"

"아, 학원……."

해니 말고는 같이 갈 사람이 없다. 그렇다고 학원까지 빠지고 가

달라고 할 수도 없다. 엉뚱한 생각이 떠올랐다. 미른이 동행할 수만 있다면, 내가 온 곳에서는 미른과 내가 사귄다는 사실을 알려줄 수 있지 않은가.

"미른아, 너 혹시⋯⋯."

"어? 우주!"

안에서 신강이 내 목소리를 듣고 얼굴을 삐죽 내밀었다. 눈이 마주치자, 금세 얼굴이 밝아졌다.

"우와, 너 웬일이야?"

"해니 만나러 왔는데, 엇갈렸나 봐."

"그래? 너 바빠? 그냥 갈 거야? 미른은 지금 알바 끝나는데, 나는 한 시간 더 해야 하거든. 너 한 시간만 기다려주면 안 돼?"

신강이 몸을 밖으로 내밀었다. 얼굴에만 탈을 안 썼지, 몸은 아직 왕도넛 옷이었다. 미른은 우리가 얘기하든 말든 안에 들어가 유니폼을 벗고 자기 옷으로 갈아입고 나왔다. 미른이 가버릴까 봐 얼른 다음 말을 이어 붙였다.

"너 혹시 나랑 어디 좀 가줄 수 있니?"

"내가? 너랑?"

"응. 혼자 가기 좀 그런 곳이 있거든."

"싫은데?"

"싫어? 그냥 친구로 부탁하는 거야."

"솔직히 말해서 그건 아니지 않나?"

미른이 눈을 내리깔고 건방진 표정을 지었다. 나와 사귈 때의 미른 모습으로 돌아온 것 같았다. 해니에게는 다정한 척하더니만.

"너 처음부터 해니가 아니라 나 보러 온 거지? 내가 모를 줄 알았어?"

"……."

"나랑 만나고 싶냐? 나 이제 해니랑 슬슬 헤어지려던 참이거든."

"뭐?"

"나 원래 100일 안 넘겨. 친구들이랑 걔네 별장 놀러 가보려고 사귄 건데, 이제 지겨워서."

손이 부들부들 떨렸다. 해니를 모욕함과 동시에 나를 모욕했다. 저쪽에서 미른과 나는 곧 100일을 앞두고 있었다. 전에는 내가 제 멋대로 굴어도 비위를 맞춰주었는데 요즘 와서 퉁명스럽게 굴더니 급기야 그만 만나자고 한 것이다. 그 이유를 여기 와서 이제야 알게 되었다. 해니에게는 유독 다정하다고 여겼는데, 그것도 꾸며진 행동이었다. 별장에 놀러 가기 위해 잘 보이려고 한 것이다.

"내가 미쳤어? 너랑 사귀게? 너 같은 애를 사귀는 해니가 불쌍하다! 이 재수 없는 자식아!"

"야! 이게 누굴 보고 재수 없대?"

미른이 내 팔을 잡고 세게 흔들었다. 그때 안쪽으로 들어갔던 신강이 왕도넛 모습으로 튀어나왔다. 인형 옷을 입었는데도 아주 재빨랐다. 순식간에 미른과 나 사이에 끼어든 신강은 이글이글한 눈으로 미른을 노려봤다.

"야, 그만해!"

"네가 왜 끼어들어?"

"그만하라면 그만해! 누구한테 행패야!"

신강 목소리가 커졌다. 늘 순하던 신강 얼굴이 무섭게 구겨졌다. 미른이 조금 놀라며 물러섰다.

"야, 신강, 진정해. 내가 뭘 어쨌다고?"

"에휴, 내가 너 같은 자식하고 무슨 말을 하냐. 곧 손님 많아질 시간이니까 조용히 하자."

신강이 좀 누그러진 목소리로 다시 한 번 미른을 꾸짖었다. 싸움이 일어난 건 아니지만, 잠깐 사이에 미른을 제압한 신강이 대단하게 느껴졌다. 처음 만났을 때는 미른이 왕자, 신강이 하인처럼 보였지만, 지금 이 순간만큼은 신강이 더 왕자 같았다. 미른은 아무 말도 못 한 채 신강 눈치를 봤다. 신강은 덩치가 크다 보니까 화난 얼굴이 더욱더 무서워 보였다. 그러나 곧 원래 순한 곰돌이 얼굴로 돌아가서 미른 어깨를 툭 쳤다.

"야, 그러지 말고 오늘 그냥 나랑 알바 좀 바꿔줘. 너 오늘 할 일 없잖아."

"뭐…… 그러든지."

"우주야, 나랑 가자. 어디 가야 한다며."

해니보다는 못했지만, 생각해보니까 미른보다는 나았다. 왜 진작 신강을 떠올리지 못했나 싶었다. 신강에게는 모든 걸 털어놔도 별 탈이 없을 듯했으니까. 해니는 나와 지나치게 친해서 나중에 우주 그 애가 깨어나면 모든 걸 다 말해버릴 수도 있다. 그 애가 혼란스러워지는 건 싫다. 그러니 이곳 우주와 아직 알지 못하는, 별 상관 없는 신강이라면 오히려 믿을 수 있다.

비밀을 털어놓을 생각을 하니까 마음이 급해졌다.

"고마워. 그런데 지금 가는 곳에서 아무리 이상한 걸 봐도 놀라면 안 돼. 그리고 비밀을 꼭 지켜줘야 해. 약속할 수 있어?"

"나 약속 잘 지켜. 걱정 마."

신강은 흔쾌히 내 제안을 받아들였다.

저번에 엑스와 갔던 상가를 찾는 건 쉬운 일이었다. 일단 멀지 않았고, 마침 신강이 아는 곳이었기 때문이다. 신강은 여기 살던 세입자들이 무조건 나가라는 압력에 단식투쟁을 했다는 것도 가르쳐주었다. 그런데 사람들을 다 내보내놓고도 재개발은 금세 착수되지 못했고, 건설사는 결국 부도가 났으며, 끝내는 이런 폐가 마을처럼 변한 것이었다.

"너 어떻게 그렇게 잘 알아?"

"나 여기 살았거든. 우리 엄마가 초등학교 앞에서 분식집 하기 전에 여기서 김밥 가게 했어. 가게 방에서 내가 살았고. 바로 여기야."

신강은 그 상가 맞은편에 있는 건물 1층을 가리켰다.

"너 그럼 혹시 길 건너 3층에 있는 병원 알아? 소아과."

"알지. 나도 어렸을 때 그 병원 다녔는걸."

내가 병원으로 올라가자, 신강은 깜짝 놀라는 기색이었다. 조금 있다가 더 놀랄 것은 알지 못한 채.

3층에 다다르자 인기척이 느껴졌다. 아차. 저번에 왔을 때 아무도 없어서 누가 있을 거라고는 생각을 못했다. 엑스 말에 따르면 사고를 낸 장본인만이 직접 드나들며 치료를 하고 있다고 했다.

나는 신강을 끌고 병원 옆 꽃집에 숨었다. 얼마 기다리지 않아 병원에서 누군가 나왔다. 얼굴에 털이 덥수룩하고 우락부락하게 생긴 남자였다. 흔하게 생긴 것도 아닌데 어디서 본 듯한 얼굴이다. 남자가 내려가자, 신강이 말했다.

"저 아저씨 꼭 원숭이같이 생겼다."

"정말 그렇다. 아!"

생각났다. 왜 바로 생각나지 않았지? 그 사람이다. 〈혹성탈출〉에 나오는 침팬지 같다고 생각한 남자. 나를 칠 뻔하고 욕설을 퍼붓던 그 사람이다.

"말도 안 돼. 그럼 그때……."

나도 조금만 잘못되었더라면 저렇게 누워 있었을 것이다. 간발의 차이로 나는 사고를 피했고, 이곳 우주는 사고가 났다.

"이제 들어가볼까? 놀랄 만한 일이 뭔지 궁금하다."

신강이 씩씩하게 안으로 먼저 들어갔다. 나는 일부러 물러서서 유일하게 닫혀 있는 병실 문을 가리켰다. 신강이 먼저 보고 알려주길 바랐다. 혹시 눈을 떴다면 도플갱어 이론에 따라 내가 위험해질 것이다. 섣불리 만나서는 안 된다. 그리고 아직 눈을 감고 있다고 하더라도, 차마 홀로 마주 볼 수가 없다.

조금 뒤 병실 안에서 신강 목소리가 들려왔다.

"아악!"

13

가능한지 아닌지 운명을 정하는 건 결국 자기 몫이잖아?
－〈가타카〉(1997)

신강은 얼굴이 하얗게 질려 있었다. 내가 다가가자 내 얼굴을 봤다가 누워 있는 우주를 봤다가 고개를 돌리느라 바빴다. 우주는 아직도 편한 얼굴로 누워 있었다. 무슨 꿈을 꾸고 있을까? 지금 일어나고 있는 일을 알까?

"이, 이게 무슨 일이야? 너……잖아?"

놀라는 신강 앞에서 거짓말을 할 수 없었다. 신강도 신강이지만, 누워 있는 나를 보니까 마음이 아파왔다. 여태까지 내가 가지고 있던 나쁜 마음을 고해성사 하고 싶었다.

"너 쌍둥이였어?"

"사실 이게 진짜 주야."

"진짜 너라고?"

"난 다른 차원의 세상에서 온 우주야. 얘는 여기 원래 살던 우주고."

그렇게 말하고 보니까 내가 외계인이 된 기분이었다. 신강이라는 증인이 있어서일까, 영화 속에서나 일어나는 일이 나에게 일어났다는 게 이제야 실감났다.

신강은 나와 누워 있는 우주를 번갈아 보았다. 나는 기계에서 심장 박동 그래프가 규칙적으로 오르락내리락하는 것을 확인하고는 안도의 한숨을 내쉬었다. 이 아이는 아직 무사해 보였다. 차도가 있다거나 달라진 점을 찾아볼 수 없었지만, 적어도 상황이 더 나빠진 것처럼 보이지 않았다.

"자세한 이야기는 나가서 하자. 그 남자가 다시 올지도 몰라. 시간이 없어."

"어? 어…….."

신강은 넋이 나가 빨리 걸음을 떼지 못하고 자꾸 돌아보았다. 그때, 병원 입구가 열리는 소리가 났다.

"야! 숨어."

나는 신강 손을 잡고 우왕좌왕하다가 발소리가 가까워진 다음에야, 비어 있는 침대 뒤로 숨을 수 있었다. 다행히 침대와 침대 사이에는 가림막이 있어서 우리가 조용히 있으면 들키지 않을 것 같았다.

"쉿!"

우리는 입을 막고 마주 보았다. 신강 눈 속에 공포에 질린 내 얼굴이 담겼다.

덜컥.

병실 문이 열렸다.

"내가 주사를 깜박했어. 하마터면 우리 학생 굶을 뻔했군."

남자 목소리가 들렸다. 누구와 말하는 걸까? 남자는 분명 혼자였다. 대답은 들려오지 않았다. 하지만 남자는 계속 말했다. 저번에 나에게 욕할 때와 달리 목소리가 다정했다.

"학생, 많이 나아졌어. 정상 수치에 가까워졌단 말이야. 그러니까 이제 조금만 더 힘내서 깨어나기만 하면 돼. 아직 어리고 이렇게 예쁜데, 힘내서 살아야지."

남자는 혼잣말을 하고 있었다. 누워 있는 우주에게 말을 건네는 것이다. 삐거덕. 접이식 의자에 앉는 소리가 났다.

"내 처지가 이래서 병원에 못 데려가지만……. 나만 믿어. 예전에는 누구보다 실력 좋은 의사였다고. 자격 정지된 의사라 못 믿겠어? 그놈의 술이 원수지 술이. 하아."

남자는 한숨지으며 한동안 아무 말도 안 했다. 조금 뒤 의자에서 일어서는 소리가 다시 삐거덕 들렸다.

"이제 진짜 가야겠어. 막노동이라도 해야, 발전기랑 장비 유지할 돈을 벌 수 있지. 밥 먹을 시간 쪼개서 온 건데, 수액을 깜빡해서 그만. 아, 나는 괜찮아. 이렇게 누워 있는 사람도 있는데 배가 고플 리 있나? 음악 틀어주고 싶은데, 여기 숨어 있는 것도 불법이라서 말이야. 미안해. 일 끝나고 밤에 올게."

병실 문이 닫히고, 발소리가 멀어져 갔다. 병원 문이 열렸다가 닫히는 소리가 났다. 이윽고 아무 소리도 들리지 않았다. 신강과 나는 누가 먼저랄 것도 없이 안도의 한숨을 내쉬었다.

"휴우. 큰일 날 뻔했다."

누워 있는 그 애를 보았다. 아까는 없던 링거 주사가 꽂혀 있었다.

"저 아저씨는 뭐야?"

신강이 빨리 모든 것을 말하라는 눈빛으로 내 눈을 봤다.

"일단 나가자. 이제 아무도 안 올 거 같지만, 불안해서 여기 더 못 있겠다."

우리는 어디로 갈까 하다가 전에 신강과 처음 만났던 햄버거 가게에 갔다. 그곳이라면 우리 이야기를 엿들을 사람이 없을 것 같았다. 과연 시원한 공간을 찾아온, 할 일 없는 아이들이 잔뜩 모여 삼삼오오 수다를 떨고 있었다. 우리는 자연스럽게 그중 한 무리가 되어 가장 구석 자리에 앉아 벽에 몸을 밀착시켰다. 모두가 떠드느라 바쁜 탓에 우리 얘기를 엿들을 사람은 아무도 없었다.

나는 신강에게 그동안 있었던 일을 털어놓았다. 환한 빛과 함께 이곳에 온 일. 처음에는 그냥 세상이 이상하게 바뀐 거라고 생각했는데, 엑스를 만난 뒤 그게 아니라는 걸 안 일. 엑스에게 돌아갈 방법을 찾자는 제안을 받았지만 이곳에 남고 싶어서 거절한 일. 하지만 이곳의 원래 주인인 우주가 마음에 걸려 병실을 찾은 것이라는 설명까지.

신강은 묵묵히 내 이야기를 받아 삼켰다. 벌써 눈으로 실체를 확인한 터라, 의문은 제기하지 않았다. 다만 신강의 눈 속에서 나는 놀라움과 경이로움을 읽어냈다.

"그럼 아까 그 아저씨가 너를 아니, 여기 우주를 차로 친 사람이라 이거지?"

"응. 나도 치일 뻔했어. 그런데 아까 얘기 들으니까 그 사람 생각보다는 좋은 사람 같아. 나랑 저쪽에서 만났을 때는 정말 무섭고 나쁜 사람 같았는데."

"그렇구나. 그럼 정리를 해보자."

신강이 가방에서 볼펜을 꺼냈다. 햄버거 가게에서 주는 휴지를 쫙 펴고 그 위에 반으로 죽 선을 그었다.

"왼쪽이 네가 온 세상, 오른쪽이 여기야. 그리고 너를 제1우주,

여기 우주를 제2우주라고 치자. 그럼 왼쪽에 있어야 할 제1우주가 오른쪽으로 넘어왔다 이거지?"

"응. 나도 모르는 사이에."

"하지만 그 엑스라는 남자는 되돌아가게 할 방법을 알아낼 수 있다 이거고?"

"응. 그런데 가기 싫어서 싫다고 했어. 나 정말 나빴지?"

신강이 왼쪽과 오른쪽을 가르는 선 위에 큼직하게 '엑스'라고 써 넣었다.

"아냐. 잘은 모르겠지만 이해할 수 있어. 엄마 때문이잖아. 그리고 다 똑같다면 나 같아도 가기 싫을 것 같다. 나도…… 네가 가는 게 싫고."

심장이 두근두근 뛰는 게 느껴졌다. 내가 가지 말길 바라는 사람이 있을 줄이야. 엄마도 아빠도 해니도 진실을 알면 모두 내가 가 버리고 제2우주가 돌아오기를 바랄 것 같았다. 그래서 더 입이 떨어지지 않았다. 고마웠다. 내 편이 되어주어서. 내 마음도 모른 채 신강은 심각한 얼굴로 휴지만 내려다보았다. 한참 뜸을 들이던 신강이 입을 열었다.

"그런데 이제 마음을 바꾼 거야? 돌아갈 거야?"

"꼭 돌아가야겠다는 생각으로 보러 온 건 아닌데…… 제2우주를 다시 보기 전까지는 갈팡질팡 결심을 못 하고 있었어. 그런데 다시 얼굴을 보니까…… 내가 아주 잘못하고 있다는 걸 잘 알겠더라. 같이 가줘서 고마워. 혼자서는 도저히 그 애 얼굴을 보러 가지 못했을 거야. 아무래도…… 돌아가야겠지?"

나는 그 애를 보러 가야겠다고 결심한 순간부터 사실은 이런 전개를 짐작하고 있었다. 그리고 그래야만 했다.

"그래."

신강은 침울해 보였다. 잔뜩 낙서한 휴지를 잡아 확 구겨버렸다.

"엑스에게 이제 협조할 거야. 아마 그러면 돌아갈 방법을 찾겠지. 그 사람 좀 이상한 면이 많지만, 굉장히 똑똑한 것 같아. 이상한 기계들도 혼자 만들고, 천재인가 봐."

"그 자식 내가 한번 봐야겠다."

뜻밖의 말이었다. 어쩐지 부끄러웠다. 신강은 꼭 보호자처럼 굴었다.

"알았어. 다음에 만날 때 너한테도 연락할게."

"오늘은 이만 가자. 너무 힘들었으니까."

신강은 몸집만큼이나 듬직했다. 또 연쇄살인범 어쩌고 핑계를 대지는 않았지만 나는 신강과 함께 걸었다.

걷다가 문득 발을 보니까 신강과 내 발이 탁탁 맞았다. 왼발 오른발 왼발 오른발. 처음으로 누군가와 마음이 잘 통한다는 느낌이 들었다. 해니와도 미른과도 한 번도 이런 기분이 든 적이 없었다.

"고마워."

"아까도 말했잖아. 무슨 고맙다는 말을 계속하냐? 자꾸 하니까 하나도 안 고마워하는 거 같다."

"그럼 뭐라고 해?"

"그냥 돈으로 줘. 사례금."

사거리에 다다랐을 때, 신강이 되지도 않는 농담을 했다. 받아쳐야지 생각했을 때, 손약국 앞에 경찰차가 서 있는 게 보였다. 평소같으면 경찰이 약을 사려고 차를 세웠거니 했겠지만, 예감이 좋지 않았다. 사람들이 약국 앞에 모여 웅성대고 있었다.

안을 들여다보니 약국 아저씨 부인이 아저씨를 잡고 울고 있었다. 경찰과 이야기를 하는 약국 아저씨 얼굴이 새하얗게 질렸다.

"쯧쯧, 어쩌다가 그렇게 됐대?"

"저 집 애가 좀 산만하다 했어. 애 간수를 잘할 것이지. 요즘 같은 세상에."

아주머니들이 자기들끼리 얘기하는 게 들렸다.

"아주머니, 무슨 일이에요?"

신강이 나서서 물었다.

"애가 없어졌잖아. 새로 사귄 친구인지 뭔지랑 논다고 나갔다가 안 돌아왔대. 가지고 있던 전화기도 이 근처에서 꺼졌고."

"어머어머! 그럼 납치당한 거예요?"

다른 사람이 끼어들었다. 어느새 아주머니들은 신강과 나를 잊고 다시 자기들끼리 떠들기 시작했다.

"아유, 입방정 떨지 말아. 그런데 그것보다 더 끔찍한 건……."

더 듣고 싶지 않았다. 약국 아저씨 딸 아림이가 사라졌다는 것만으로도 충격적이었다.

"아림아!"

마침내 약국 아저씨가 울음을 터뜨렸다. 아저씨가 무너져 내리듯 바닥에 주저앉아 오열했다. 그 소리가 얼마나 컸는지 약국 밖까지 들렸다. 나도 모르게 신강 손을 꼭 잡았다. 두려웠다. 일어날 일은 결국 일어나고야 마는 것일까? 아림이는 어떤 방법으로든 죽음을 벗어날 수 없는 걸까?

운명이라는 게 정말 있다면, 우리는 정해져 있는 대로 살 수밖에 없는 것인가?

14

당신은 미래를 알고 있으니, 원한다면 바꿀 수 있소.
- 〈마이너리티 리포트〉(2002)

엄마와 아빠가 동시에 일찍 집에 들어왔다. 흔한 일은 아니었다. 말은 안 했지만, 아림이가 실종된 것과 연관이 있는 듯했다. 신강과 함께 집에 오는 동안에도 동네가 흉흉한 소문으로 들끓는다는 것을 느낄 수 있었다. 동네 사람들에게 보이지 않는 주의보가 내려진 듯했다. 거리에는 혼자 있는 아이가 하나도 보이지 않았으며, 부모와 함께 있다고 해도 타인의 눈길을 받는 것을 극도로 꺼렸다. 신강은 내가 방에 올라가 손을 흔들 때까지 기다렸다가 돌아갔다.

"유괴범에게는 연락이 왔대?"

견디다 못한 내가 밥을 먹다가 먼저 말을 꺼냈다. 엄마 아빠 얼굴이 어두워졌다.

"세상 무서워서 살겠니? 놀이터에서 누굴 따라가는 게 CCTV에 찍혔다는데, 애가 안면이 있는 사람이었나 보더라. 그 사람은 제대로 찍히지도 않았대."

"무슨 새로 사귄 친구를 만나러 간다고 했다면서?"

"너도 조심해. 해 지기 전에 집에 오고!"

"내가 뭐 만날 늦게 오나? 그리고 내가 어린애야?"

"잔말 말고!"

웬일로 아빠가 엄하게 꾸짖었다. 더 말대꾸를 해봤자 좋을 건 없을 것 같아서 얌전히 굴기로 했다. 아림이가 걱정이 되긴 했지만 나에게는 더 중요한 일이 있었다. 질서를 바로잡는 일. 엑스의 말대로 균형을 유지시키는 일이다.

방에 올라와 휴대폰을 가만히 보았다. 내가 먼저 걸어야 한다. 보기만 한다고 해서 절로 울릴 리 없다. 모든 걸 다 안다더니 내 마음이 바뀐 건 모르는 모양이다.

결국 번호를 눌렀다. 신호가 가는 동안 가슴이 콩닥콩닥 뛰었다. 한참이 지나 전화가 끊기기 직전 엑스가 전화를 받았다.

"지금쯤 전화할 줄 알았어."

"어떻게 하면 되죠? 내가 돌아가고 그 애를 제자리에 돌려놓으려면 어떻게 해야 하냐고요?"

"일단 내가 수집한 자료에서 빠진 부분을 찾아야 해."

"빠진 부분이라뇨? 아저씨가 구할 수 없는 것도 있어요?"

"진미도 박사라고 알지?"

숨이 턱 막혔다. 엑스가 그 이름을 대놓고 말할 줄이야.

"우리 엄마라는 거 알면서 묻는 거죠? 필요한 게 뭔데요?"

"진 박사가 2년 전에 진행하다가 만 실험이 있어. 그 실험에 대한 자료가 필요한데, 중단된 것이라 공식적인 자료가 없더군. 아마집 어딘가에 비공식적인 자료가 남아 있을 거야."

"그걸 내가 찾으라고요? 어떻게요? 어디 있는데요?"

"그걸 내가 어떻게 아나? 컴퓨터든 종이에 휘갈긴 것이든 그건네가 찾아야지. 안 그래? 하필 네가, 진미도 박사의 딸이 이리로 날아온 건 운명이었을지도 몰라. 그 자료가 없으면 돌아갈 수가 없거든. 그럼 찾으면 연락해줘."

엑스가 일방적으로 전화를 끊었다. 2년이나 된 자료를 나보고찾으라고?

엄마가 어떤 연구를 하고 실험을 하는지 나는 전혀 알지 못했다. 과학은 내가 가장 싫어하는 과목이었고, 성적도 좋지 못했다. 나는과학과 정반대의 상상력을 지닌 인간이다. 이성보다는 감성이 앞섰고, 현실보다는 상상을 좋아한다. 그래서 이렇게 기이한 일에 휘

말린 것일지도 모른다.

어쨌든 엄마 연구 자료를 찾으라는 것은 아주 어려운 숙제였다. 봐도 뭐가 뭔지 알지 못하는데, 뭘 어떻게 찾으라는 것인가. 도저히 나 혼자 해낼 수 있는 일이 아니다. 나는 오늘 처음 모든 사실을 알았고, 나를 믿고 도와줄 친구에게 도움을 요청할 수밖에 없었다. 이럴 때 말할 수 있는 친구가 있다는 게 이렇게 좋은 일이라니!

"여, 여보세요!"

신강이 어쩐 일인지 떨리는 목소리로 받았다.

"신강, 나 우주야. 목소리가 왜 그래? 전화 못 받니?"

"아, 아냐! 끊지 마! 네가 전화할 줄 몰라서 그랬어."

아까 나를 데려다 줄 때 듬직하게 굴던 신강은 간 데 없었다. 나는 모처럼 웃음이 나왔다. 신강과 있으면 웃을 일이 많았다.

"신강, 너 혹시 과학 잘하니?"

"그냥 뭐……."

"반에서 중간 정도는 하지? 나보다는 잘해야 하는데."

"중간보다도 좀 위지 않을까 싶은데……."

"그럼 좋아. 너 내일은 우리 집에 와서 나 좀 도와줘야겠다."

신강은 당황하는 것 같았지만, 이내 승낙을 했다. 그리고 전화를 끊으면서 이렇게 말했다.

"신강 말고, 그냥 강이라고 불러. 그게 더…… 친해 보이잖아."

나는 또 웃음이 나왔다. 웃으면 안 되는 심각한 상황인데, 그래도 신강 하는 짓이 웃겼다. 촌스럽기만 한 앤 줄 알았는데, 좀 귀여운 구석도 있는 것 같다.

"여기가 부엌이야? 되게 특이하다."

신강은 이런 부엌은 처음 보았다며 눈이 휘둥그레졌다.

"저기 위쪽에 특수한 설비가 있어서 환기는 잘돼. 그리고 이쪽은 우리 엄마 서재 겸 연구실. 아빠 서재는 1층에 있는데, 거긴 책이랑 영화밖에 없으니까 연구 자료가 있다면 여기 있을 거야."

가려져 있던 블라인드를 걷고, 싱크대와 식탁 옆에 작은 연구실을 공개하자 신강은 입까지 떡 벌렸다.

"우와, 무슨 영화에 나오는 것 같은 연구실이네. 되게 깨끗하고 하얗다."

"위험한 물질이 묻었을 때 바로 알기 위해서 그런 거래. 의사 가운도 하얗잖아."

"그렇구나."

"비디오테이프부터 보자. 엄마는 비디오테이프에 실험을 녹화해놓거든. 2년 전 날짜로 되어 있는 거 내가 미리 모아봤는데 생각보다 많아."

"근데 우리가 봐서 뭘 알 수 있을까?"

"중간에 그만둔 것처럼 보이는 실험부터 고르자. 엄마는 뭐든지 포기하지 않는 사람이니까, 중간에 멈춘 실험이 흔하지 않을 거야."

우리는 식탁에 앉아서 비디오비전으로 엄마 실험을 봤다. 엄마가 죽은 세상에서는 비디오비전이 엄마 연구실 안에 들어가 있지만, 이곳에서는 연구실 밖에 나와 있었다. 사실 엄마가 죽은 뒤로는 연구실 드나드는 게 위험하지 않아서 아빠가 그리한 거였다. 새삼 엄마가 살아 있다는 게 실감났다.

생각보다 비디오마다 내용이 꽉 차 있었다. 게다가 실험은 하품이 나올 만큼 지루했다. 처음에는 끝 부분으로 돌려서 결과만 확인하려고 했지만, 영화처럼 기승전결이 있는 게 아니라서 그마저도 어렵기만 했다. 어디가 시작이고 어디가 끝인지도 가늠하기 어려운 마당에 중단된 실험을 찾기란 불가능에 가까웠다. 어떤 실험은 계속 이어져 다음 테이프로 넘어가기까지 했다. 테이프에는 날짜와 영어 약자와 번호가 달려 있을 뿐이라 뭐가 뭔지 알 수 없었다.

할 수 없이 조금씩 돌려가며 봐야 했다. 차원 이동이라든가 빅뱅이라든가 그런 실험과 비슷한 게 나오면 좋을 텐데 실험은 다 그게 그거 같았다. 비록 부모가 강요해서지만, 과학 채널을 본다는 애들이 대단했다. 나 같으면 미쳐버렸을 것이다. 몇 개 봤을 뿐인데도, 둘 다 졸음을 참을 수가 없었다. 점심을 대충 챙겨 먹고 나서는 더 힘들었다. 우리는 식탁에 엎드려 잠이 들었다.

눈을 떠보니 벌써 해가 뉘엿뉘엿 기울고 있었다. 신강은 아직도 엎드려 있었다.

"야, 일어나. 오늘 엄마 논문 정리할 게 있다고 저녁 때 일찍 들어온다고 했단 말이야."

"어? 어. 근데 도저히 못 보겠어. 봐도 모르겠고. 혹시 보고서 같은 거 없어? 차라리 그런 걸 찾아보는 게 낫지 않을까?"

"보고서? 컴퓨터에 있긴 한데, 그건 더 모를 것 같아. 나 한 번 본 적 있는데 영어로 휘갈겨 쓰여 있어서 뭔 소린지 모르겠더라."

"그래도 한번 보자."

나는 신강이 못 보게 가리고 연구실 비밀번호를 꾹꾹 입력했다. 엄마는 내가 연구실 문 번호를 아는지 모른다. 그래도 나는 죄책감 없이 몰래 들어가곤 한다. 처음부터 내가 들어가지 못하게 할 것이면 내 생년월일로 비밀번호를 정하지 말았어야 한다.

연구실 문이 열리자, 신강은 또 구경을 하느라 가만있지 못했다. 그래도 차마 실험 기구나 이상한 부스들을 만지지는 못하고 지문이 묻을세라 멀찍이 떨어져 바라보았다. 나는 그동안 엄마 컴퓨터를 켰다. 부팅 과정 없이 바로 어떤 화면이 떴다.

"어? 안 된다."

"왜?"

패스워드가 열세 자리나 되었다. 절망적이다. 비디오테이프로

골라낼 수 없다면 보고서뿐인데 아예 볼 수가 없다니.

"이거 비밀번호 없으면 아예 부팅도 안 되나 봐."

"몰라?"

"몰라. 아무거나 찍어서 넣어볼 수도 없어. 이거 세 번 잘못 입력하면 엄마 휴대폰으로 바로 경고 메시지가 날아갈 거야."

낭패다. 엄마는 연구실에 아무도 들어가지 못하게 했다. 들어간 건 물론이고 컴퓨터까지 쓰려고 한 걸 알면, 아마 어마어마하게 화를 낼 것이다.

"이런 식으로 안 되겠다. 어머님 오시기 전에 테이프랑 빨리 정리하자."

테이프를 다시 있던 자리에 꽂아두고, 연구실을 아까 모습 그대로 정리했다. 신강이 유리문에 남은 손자국을 닦으며 마무리를 하는 사이에, 나는 식탁 의자에 앉아 생각에 잠겼다. 계속 마음에 걸리는 게 있었다. 하지만 그게 뭔지 떠오르지 않았다. 머릿속에 뭔가 중요한 것을 감지했다는 신호가 오는데, 알 수 없었다. 나는 알고 있다. 그런데 내가 알고 있는 게 뭐란 말인가? 분명히 내가 놓친 게 있는데 생각이 안 나니까 답답하다.

신강이 연구실 문을 닫고 내 옆 식탁 의자에 앉았다. 거의 동시에 누가 집에 들어오는 소리가 났다. 나는 얼른 비디오비전을 TV 수신 모드로 바꾸었다. 텔레비전에서 뉴스가 나왔다.

"어머, 친구가 와 있네?"

엄마가 맞았다. 나는 최대한 자연스럽게 텔레비전 보는 척했다.

"응, 얘는 이제 갈 거야. 텔레비전 보고 있었어."

"아, 안녕하세요? 저는 신, 강이라고 합니다. 강이라고 불러주세요. 어, 어머님."

신강은 얼굴이 빨개져서 말까지 더듬었다. 왜 빨개져. 수상하게.

"처음 보는 친구네? 잘 왔다. 여기서 잠깐만 기다려. 따끈따끈한 음식 넉넉하게 포장해왔으니까, 저녁 먹고 가. 나 옷 좀 갈아입고 내려올게."

엄마는 드라마에 나오는 자상하고 친절한 엄마 목소리로 말했다. 전화 받을 때 안내원 모드, 연구 발표할 때 카리스마 있는 박사 모드에 이은 새로운 엄마 목소리였다. 신강은 우리 엄마 사기 행각에 속아서 입이 찢어져라 웃었다. 으이그.

나는 실소가 나오려는 것을 꾹 참으려고 텔레비전 뉴스로 눈을 돌렸다.

"손 양이 실종된 곳은 이곳 놀이터입니다. 용의자는 감시 카메라의 사각지대에서 손 양을 유인했습니다. 경찰은 최근 일어난 연쇄살인 사건과 동일범일 가능성을 배제하지 않고 수사를 진행하고 있습니다."

리포터가 모자이크된 우리 동네 놀이터에 서 있었다.

아림이 사건으로 내가 짐작하게 된 것이 있다. 저쪽 우주에서 일어난 일은 이쪽 우주에서도 일어날 가능성이 아주 높다는 것. 아림이는 저곳에서 교통사고를 당했지만, 이곳에서는 그로부터 몇 년 뒤에 실종되었다. 나는 아림이가 제2우주처럼 어디선가 교통사고 뺑소니를 당해서 죽었을지도 모른다고 생각한다. 아빠의 햄버그스테이크처럼 결국은 어떻게 해서든지 일어날 일은 일어나는 것이다.

그렇다면 엄마는……. 엄마에게는 제발 아무 일도 일어나지 말아야 한다. 엄마를 죽게 한 실험은 처음부터 어느 하나가 잘못된 것이었다. 그 실험이 만약 다시 시작되려 한다면 내가 어떻게든 막을 것이다. 미래를, 정해진 운명을 바꿀 것이다.

"아!"

딸깍. 잘못 끼워졌던 나사가 제자리를 찾는 소리가 났다. 혼란스럽던 머릿속 아귀가 맞아떨어지는 느낌이 들었다. 그럴지도 모른다. 왜 여태 몰랐을까.

"강아, 그거야!"

"응?"

엄마는 죽지 않았다.

엄마를 죽게 한 것은 어떤 실험이었다. 실험은 처음부터 잘못 설계되어 있었고, 사고가 날 수밖에 없었다. 그런데 이곳에서는 엄마의 연구팀이 하던 실험 중에서 대형 사고가 난 적이 아직 없었다. 난 정말 바보다. 과학이라는 것은 끊임없이 미래로 나아가는 것. 2년 전에 했어야 하는 실험이 아직 시도조차 안 되었을 리 없다. 엄마는 분명 그 실험을 하려고 했을 것이다. 하지만 어떤 이유에서인지 예정일에 실험을 하지 않았다. 아마 딸과 함께 〈호두까기 인형〉을 보러 갔다든가 하는 이유로.

결과적으로 그날 실험을 하지 않았기 때문에 전화위복이 되었다면 어떨까? 뒤늦게 심각하고 위험한 오류를 찾아내었고, 결국 연구가 중단된 것이라면?

우리가 찾는 '중단된 실험'이라는 것이 2년 전 바로 그날 그 실험일지도 모른다는 생각을 왜 여태 못한 걸까?

15

움직여라, 굼벵이들아. 영원히 살 것도 아니지 않나!
– 〈스타쉽 트루퍼스〉 (1997)

당연히 날짜는 정확히 알고 있다. 12월 그날. 〈호두까기 인형〉 공연을 보려고 예매까지 해두었던 날. 나와 싸워 공연을 보러 가지 않은 엄마가 실험을 실행한 날이다. 어떻게 그 날짜를 잊을 수가 있을까. 나는 주저 없이 그 날짜와 가장 가까운 날의 비디오테이프를 꺼내 엑스에게 건넸다. 맞는 테이프는 하나밖에 없었다.

엑스는 비디오를 빠르게 돌려 몇 군데 장면을 확인했다.

"어떻게 한 번에 찾아서 가져왔지? 엄마를 닮아서 너도 과학에 재능이 있나?"

칭찬이 기분 좋게 들리지만은 않았다. 딱 봐도 나는 똑똑한 두뇌와 거리가 멀었으므로 비아냥거리는 게 분명했다. 하지만 굳이 구구절절 설명하지 않았다. 말하기 싫었다. 엄마가 죽었다는 건 기정사실이지만, 입에 담는 것이 무척 불경한 일처럼 생각됐다. 그리고 또 하나, 신강에 대한 얘기도 일부러 꺼내지 않았다. 신강에게는 엑스를 한번 보여준다고 했지만, 이 사건에 개입된 사람이 또 있다는 걸 엑스가 달가워하지 않을 것 같았다.

사무실 전화가 몇 차례 울렸으나, 엑스는 받지 않았다. 오히려 전화벨 소리가 신경 쓰인 건 나였다. 오늘은 영업을 안 한다든지 죄송하다든지 하는 답변을 해줘야 하는 게 고객을 위한 예의 아닌가. 엑스는 손님이고 뭐고 간에 언제나 그렇듯 무표정한 얼굴로 비디오에만 집중했다. 나는 엑스가 보여주는 집중력도 신기했지만, 상자 안에서 꺼내와 재생한 비디오레코더가 더 신기했다. 우리 집에 있는 것보다 투박한 디자인이었지만, 외관에 흠집 하나 없을 정도로 관리가 잘된 물건이다.

엑스는 필요한 게 있으면 상자 안을 뒤져서 찾아냈다. 아무렇지 않게 널려 있는 걸로 보이는 종이 상자들이었지만, 엑스는 필요한 것이 정확히 어디 있는지 알았다. 마치 어떤 일이 벌어지고 무엇이 필요할지 다 알고 미리 준비해놓은 것처럼.

마침내 비디오를 다 돌려본 엑스가 손뼉을 탁 쳤다.

"좋아."

"그럼 아저씨가 다시 실험을 이어서 해볼 거예요?"

"실험을 조금 수정해서 해야지. 아마 이대로 진행되었다면 아주 위험했을 거야. 넌 걱정 말고 기다리기만 해. 며칠이면 돼."

엑스는 내가 말을 하지 않았음에도 이미 실험이 잘못되었고 사고 위험을 가지고 있다는 걸 알았다. 사람 목숨을 한순간에 앗아갈 만큼 위험하다는 것도 알 것이다. 그러나 엑스는 마냥 들뜬 표정이었다. 자기 입으로 천재라고 떠들어댈 때는 그냥 넘겼는데, 이제 보니 미치광이 과학자 같은 분위기를 풍겼다. 재미있는 건수가 생긴 걸 반기며 입맛을 다셨다.

"이 실험, 아주 위험할지도 몰라요. 누군가 죽을 수도 있다고요. 그게 아저씨가 될지도 모르고요."

"걱정 마. 난 나쁜 놈이라 욕을 많이 먹어서 명줄이 아주 기니까."

엑스는 상대를 할 말 없게 하는 데 재주가 있었다.

엑스가 잠깐 자리를 비운 사이에 나는 상자 안을 구경했다. 상자마다 비디오레코더만큼이나 희귀한 잡동사니들이 가득 들어 있었다. 갑자기 이삿짐을 싸느라 종이 상자 안에 마구잡이로 넣은 것처럼 보이는 물건들이다. 그러나 상자는 테이프로 밀봉되었던 흔적이 없었다. 엑스의 책상이나 차 안만큼이나 계산된 흐트러짐 같았다.

한참 상자 안을 구경하다가 구석에서 밀봉된 상자를 찾아냈다.

다른 상자들과 달리 테이프가 단단히 붙어 있었고, 상자는 제법 깊숙이 숨겨져 있었다. 남의 물건을 마음대로 열어보는 게 실례라는 걸 알지만, 붙이다가 테이프에 묻은 것으로 보이는 파란색 털이 호기심을 자극했다. 털이 보슬보슬한 천에서 묻어 나온 게 분명했다. 테디 베어를 만들 때 비슷한 소재의 천을 써본 적이 있었다.

나는 엑스가 돌아오기 전에 상자를 열어보기로 했다. 테이프가 지익 뜯어지면서 종이가 붙어 나왔다. 과연 엑스에게는 그다지 쓸모없어 보이는 잡동사니가 가득했다. 도대체 이런 걸 왜 다 버리지 않고 모아두는 걸까?

알 수 없는 종이 뭉치, 경비원 모자, 립스틱, 여자 것으로 보이는 손수건, 꽤 도수가 높아 보이는 안경, 곰 인형…….

역시 곰 인형이 있었다. 파란 털이 꽤 부드러웠다.

"예쁘다."

파란색 곰 인형은 손때가 제법 묻은 것이 오래된 것처럼 보였다. 내 테디 베어들이 그리워졌다. 다들 진짜 내 세계 내 방 안에 잘 있겠지? 돌아가야 할 이유가 한 가지 늘었다. 내가 손수 모으고 만든 테디 베어들은 이제 어디서도 구하지 못하는 보물이었다. 방에 앉아 창밖을 내다보며 바느질을 하던 조용한 시간이 그리워졌다. 코끝이 시큰해졌다. 내 테디 베어들이 먼지가 앉은 채 기다리고 있었다. 처음으로 그곳에서의 나도 소중한 추억이 있다는 생각이 들었다.

잠깐 인형을 매만지다가 휴대폰으로 사진을 찍었다. 엑스가 잘 포장하여 둔 걸로 봐서는 졸라서 가질 수 있는 물건이 아니었다. 나중에 돌아가게 되면 똑같은 천을 구해 만들어봐야겠다고 생각했다.

책상 위에 있던 풀로 테이프를 붙여 눈속임을 했다. 뜯어보면 눈치채겠지만 당장은 티가 나지 않았다.

엑스가 돌아왔을 때, 신강에게서 메시지가 왔다.

긴급 상황
제2우주에게 문제가 생겼어

"아저씨, 큰일 났어요!"

신강을 엑스에게 어떻게 설명하나 걱정이 되었지만, 도와줄 사람은 엑스밖에 없었다.

엑스의 차를 타고 서둘러 소아과가 있는 건물로 갔다. 엑스는 소아과에 일어났다는 '큰일'보다는 신강의 존재에 대해 관심을 가졌다. 차를 타고 가면서도 내내 신강에 대해 물었다. 신강과 직접 얼굴을 마주했을 때는 꼼꼼히 생김새를 뜯어보았다.

"강아, 어떻게 된 거야?"

"사실 나, 걱정돼서 시간 날 때마다 여길 좀 들렀는데…… 아까 짐을 옮기는 걸 봤어. 이사를 가는 거 같아."

엑스는 놀라지 않았다. 그저 신강을 빤히 바라보고 있었다. 허둥 대거나 털보 남자가 어디로 갈지 생각하려 하지 않았다. 엑스의 관심은 모조리 신강에게 쏠려 있었다.

건물 앞에 현수막이 펄럭였다.

축, 재건축 확정!

건물 재건축이 다시 진행된다고? 아무래도 은신처를 들킬까 두려운 남자에게 달가운 소식은 아니었을 것이다. 그 애를 옮기려고 하는 게 무리는 아니다.

그 남자가 짐을 가지고 떠난 지는 20여 분이 됐다고 했다. 병원 안에는 아직 최소한의 의료 기기와 그 애가 있었다. 몇 차례에 걸쳐 짐을 옮기려는 게 분명하다. 가장 중요한 나머지 짐, 다시 말해 제2우주가 남아 있는 한 남자는 돌아올 것이다.

"우리 직접 대놓고 얘기해봐요. 그 애를 주면 아무 죄도 묻지 않고 잘 처리하겠다고요."

"안 돼! 아무 짓도 하지 마."

엑스가 소리쳤다. 그렇게 소리 지를 것까진 없잖아? 왜 그렇게 홍분하는 거지? 나는 신강 뒤로 숨으며 팔을 잡았다. 신강도 내 두려움이 느껴졌는지 저번에 미른과 대적할 때처럼 강렬한 눈을 하고 어깨를 쭉 폈다. 엑스가 신강을 노려보면서 나에게 말했다.

"이 남자애에게 왜 말한 거야? 설마 다른 사람에게도 말한 건 아니겠지?"

"아뇨. 아는 사람 이제 없어요. 왜 그렇게 화를 내요?"

"이 일에 연관된 사람이 늘어나서는 안 돼. 교통사고를 낸 그 의사 말이지. 내게 맡기면 최대한 조용히 처리할 수 있어."

"의사라는 걸 알고 있었어요?"

"그게 지금 중요한 게 아니잖아!"

엑스는 또 소리를 내질렀다. 여유롭고 흔들림 없던 냉철한 모습은 간 데 없었다. 홍분과 증오, 혼란스러움이 깃든 그 얼굴은 꼭 다른 사람처럼 보였다. 아니, 다른 사람이 아니라 그게 본연의 모습이었다. 화를 낼 때만큼은 위장이 무너지고 경계가 해제되는 것 같았다. 신강의 존재가 엑스를 무너뜨릴 만큼 중요한 건가?

"휴, 지금 이럴 때가 아니야. 나는 이쯤에서 빠지겠어. 최대한 빨리 연구를 마무리해야 하니까. 그러니까 의사에게 내 이야기는 절대로 하지 마. 귀찮아지는 건 질색이야."

"아저씨, 너무 무책임한 거 아니에요? 그럼 이곳 우주는요? 의사가 숨겨버리면 어쩌라고요?"

보다 못한 신강이 끼어들었다. 엑스는 짜증을 내며 다시 차에 탔다. 멀리 사설 구급차가 들어오는 게 보였다. 남자가 돌아왔다는 걸 알 수 있었다. 그 애를 데려가려면 구급차가 있어야 할 테니까. 엑스는 룸미러로 구급차를 본 듯했지만, 그대로 출발했다. 눈치 빠르고 똑똑한 엑스가 구급차를 몰고 온 게 남자라는 걸 모를 리 없다. 그러나 엑스는 미처 잡을 새도 없이 도망치듯 가버렸다. 정말 도망이라도 치듯.

이곳 우주의 삶을 생각하라고 내 양심과 죄책감을 건드리던 사람이 맞는가? 그때는 도덕적 해이를 혐오하는 사람처럼 굴었으면서 상황이 복잡하게 되니 발을 빼려 한다. 내가 자신에게 협조하도록 하기 위해 내 심리를 이용했다는 의심이 들었다. 하지만 그렇게 해서 엑스가 얻을 수 있는 건 없다. 단순히 연구를 앞두고 예민해져 있어서 그런 것은 아닐까. 엑스는 괴팍하고 기이한 천재처럼 보인다. 아니면 연구가 생각보다 훨씬 다급하고 중요한지도 모른다. 나는 애써 엑스를 이해하려고 노력해보았다.

"뭐 저딴 놈이 다 있어?"

"그냥 우리끼리 해결하자."

"어떻게?"

신강이 함께해준다면 그 남자를 대면할 용기가 날 것 같았다. 신강은 걱정스러운 얼굴이었지만, 그렇다고 겁을 먹은 것처럼 보이지 않았다. 신강에게 내 생각을 말했다. 정면으로 부딪치는 것밖에 방법이 없다.

"아저씨!"

남자가 내리자마자 신강이 나가 가로막았다. 전직 의사였고, 원숭이처럼 털이 많은 남자는 보기와 달리 겁이 많았다. 덩치 큰 신강을 보자마자 반사적으로 몸을 움츠렸다.

"너, 넌 뭐야?"

"우주를 어디로 데려가려는 거예요?"

"우주? 무슨 뚱딴지같은 소리냐?"

"병실에 있는 여자애 말이에요!"

신강이 말했다. 남자는 몹시 당황하며 다시 차에 타려 했다. 자칫하면 놓칠 수 있었다. 우리는 구급차와 남자가 필요했다. 한쪽에 숨어 있던 나는 뛰어나가 남자 팔을 붙잡았다.

"가지 마요!"

"이거 놔! 언제부터 우리 일을 안 거야? 어…… 너?"

내 팔을 뿌리치던 남자가 나를 봤다. 나를 본 이상 그냥 차에 탈 수는 없으리라는 걸 알았다. 큰 충격을 받은 남자가 휘청거렸다.

"맞아요. 제 이름이 우, 주예요. 그리고 저 안에 다른 우주가 있고요. 그러니까 제 얘기 좀 들어보세요."

남자는 정신없이 나를 살피기만 할 뿐 말을 잇지 못했다. 누워 있던 그 애가 깨어난 줄 알았을 터이니 충격이 컸을 것이다. 한참 나를 보던 남자는 잠시 주위를 두리번거리더니 천천히 병원으로 들어갔다. 우리가 따라오는 걸 개의치 않은 걸 보니 조금은 이 상황을 받아들이기로 한 모양이었다.

병실 안에 여전히 누워 있는 우주를 확인한 남자는 기운이 빠진 듯 어깨를 늘어뜨렸다. 남자 눈이 슬픔으로 얼룩졌다.

나는 모든 것을 털어놓았다. 처음에는 많은 것을 걸러내고 이야기하려 했지만, 이야기를 하다가 보니 거의 대부분의 이야기를 할 수밖에 없었다. 남자는 한 순간도 되묻는 일 없이 내 이야기를 경청했고, 끝내는 눈물을 흘렸다. 보기보다 순박한 사람이었다.

16

Get away from her, you bitch!
- 〈에일리언 2〉 (1986)

"그러니까 쌍둥이가 아니란 말이지?"

남자는 눈물을 흘리면서도 다시 한 번 확인했다. 믿지 못하는 게 당연하다. 게다가 이 남자는 의사였으니까 과학적인, 의학적인 사실만을 믿고 살아왔을 것이다. 눈앞에 누워 있는 우주와 또 다른 우주를 보면서도 고작 쌍둥이가 아니냐는 의심밖에 할 수 없는 것이다.

"믿든 안 믿든 상관없어요. 지금 아저씨가 할 일은 저희가 저 애를 데려갈 수 있게 도와주는 거예요."

"데려가서 어쩌려고?"

남자 눈에 의심이 가득했다.

"당연히…… 집에 알리고 제대로 된 치료를 받게 해야죠."

차마 내가 돌아갈 때까지 당분간 숨겨둘 거라고는 말할 수는 없었다. 남자는 주머니에서 작은 술병을 꺼내더니 한 번에 쭉 들이켰다. 병을 꺼낼 때 손가락이 떨렸다. 저번에 술 때문에 의사 면허가 취소되었다고 한 게 떠올랐다.

"그럼 데려갈 필요 없어! 우리도 나름대로 제대로 치료하고 있으니까."

구역질 나는 냄새가 남자 입에서 뿜어져 나왔다. 이어서 남자는 주머니를 뒤적여 담배와 라이터를 꺼내려 했다.

"지금 병실에서 뭐 하시는 거예요? 이래놓고 '제대로'라고 할 수 있어요?"

"네가 의사냐? 내가 의사야. 작은 사고 때문에 자격 정지 당했지만, 어쨌든 난 의사라고!"

남자가 벌떡 일어섰다. 신강이 반사적으로 따라 일어섰다. 여차하면 맞설 기세였다. 신강은 덩치나 힘에서 남자보다 월등해 보인다. 남자도 그걸 깨달았는지 더는 난동을 부리지 않고 의자에 주저앉았다. 나는 기분이 묘해졌다. 남자 말 속에 신경을 거슬리는 구석이 있었다. 그러나 그게 무엇인지는 알 수 없었다. 불현듯 나에게 욕설을 날리던 남자 얼굴이 떠올랐다. 교통사고가 날 뻔한 그 날 말이다. 기묘하게 붉던 얼굴. 남자는 사고 당시에 술에 취해 있던 게 분명하다.

"술 먹고 운전이나 하는 사람이 무슨 의사예요?"

"뭐?"

"사람 목숨을 가볍게 여기는 사람이 무슨 의사냐고요!"

남자가 할 말을 잃었다. 진짜 음주 운전을 했다고 생각하니 화가 났다.

"당신이 이런 짓 한 거 우리 둘만 아는 거 아니에요. 그러니까 우리 무시하지 말아요."

"또 누가 안다는 거냐? 경찰? 난 그냥 그 남자가 시키는 대로 한 죄밖에 없어."

"그 남자라니요?"

머릿속이 조금 열리는 기분이었다. 내내 불편하던 이유를 깨달 았다. 남자가 아까 '우리'라는 말을 쓴 것이다. 말 속에 또 다른 사람이 존재했다. 공범이 있었던 것이다. 남자는 우리 반응을 보고 자신이 말실수했다는 걸 알았는지 당황했다.

"담배 한 대만 피우고 다시 얘기하자. 그 남자에 대해서 다 말해 줄 테니. 너희도 들으면 내가 나쁜 놈만은 아니라는 걸 알 거야. 너 희도 바람이라도 좀 쐬고 와."

"도망가려는 건 아니죠?"

"해명할 수 있는 기회인데 내가 왜 도망을 가겠어?"

남자는 병실을 나가 원장실로 들어갔다. 따라나선 신강은 남자가 창가에 서서 담배를 무는 것을 확인하고 나에게 돌아왔다.

"너무 걱정은 마. 저 아저씨 그렇게 나쁜 사람은 아닌 거 같아. 우주를 정말 자기 환자처럼 대하고 있었잖아. 문제는 우리가 저 애를 어디로 어떻게 옮기느냐는 거지."

"아마 엑스가 알아서 해줄 거야. 아까는 예민해서 그랬지만, 결국 믿을 사람은 엑스밖에 없어."

그보다 남자가 말한 또 다른 남자에 대해 빨리 알고 싶었다. 남자는 담배를 한 대 더 피우는지 병실로 돌아오지 않았다. 기다리다 못한 신강이 데리러 간 사이에 나는 누워 있는 그 애를 만져보았다. 피부가 부드러웠다. 내 볼이 이런 느낌이었나? 나보다 조금 주근깨가 많고 햇볕에 그을려 있는 그 애가 나와 영 딴사람처럼 느껴졌다. 머리카락도 짧고, 느낌도 다르다. 깊은 잠을 자고 있어서 그런지도 모른다.

미안해. 네가 일어나 나를 보면 어떤 기분을 느낄까? 도플갱어인지 뭔지 하는 규칙 때문에 우리는 영영 마주 보지 못할 테지만 말이야.

그때 입원실 문이 벌컥 열리는 소리가 났다. 신강이 벌써 왔나 싫었는데, 그 남자가 주사기를 들고 서 있었다.

"뭐, 뭐예요?"

"그 사람이 다 알고 화가 났어. 지금은 가야 해. 나중에 연락하마."

그 사람? 도대체 누군데 그렇게 벌벌 떠는 거야? 뭐라 물을 새도 없이 주사기가 내 팔에 꽂혔다. 주사기 안에 있던 약이 내 팔로 빨려 들어가는 게 보였다. 미처 소리를 지르기도 전에 나는 까무룩 잠이 들었다.

눈을 떠보니 신강이 있었다. 신강은 내 볼을 톡톡 두드리며 어쩔 줄을 몰라 하고 있었다. 정신이 들었지만, 바로 기운이 돌아오지 않아서 나는 눈만 껌벅였다. 힘든 운동을 하고 잠이 들었던 것처럼 몸이 뻐근하고 노곤했다.

"괜찮아? 혹시 몸이 안 움직여져? 뭐라고 말 좀 해봐!"

"……괜찮아."

"나쁜 새끼. 복도에서 도망가는 꽁무니만 봤어. 그 애를 등에 업고 도망치더라고. 뒤늦게 따라가니까 벌써 구급차에 올라타서…….'

"뭐?"

"미안해. 내가 괜히 나가서."

맞아. 기억이 났다. 그 남자가 들이닥쳐서 나에게 주사를 놨다.

그 애를 옮기라고 지시한 사람이 상황을 알고 화가 났다고 했다. 남자는 누군가에게 조종당하며 두려워하고 있었다. 나는 그 애 대신 얌전히 침대에 누워 있었다. 마치 그 애 자리를 대신하고 있는 내 상황 같았다.

침대 옆에 호흡기와 다른 기계들이 부서진 부품처럼 나뒹굴었다. 이미 그 애는 호흡기가 필요 없는 것 같았다. 그러고 보니까 아까 누워 있을 때도 거추장스러운 걸 하고 있지 않았다. 다행이다. 차도가 있는 것이다.

"마취약이었나 봐. 어떻게 너한테까지 이럴 수 있어?"

신강은 빈 주사기를 힘껏 바닥에 던졌다. 주사기가 한 번 가볍게 튕기더니 조각이 났다. 떨어지는 조각을 보는 순간 조바심이 일었다.

여기서 이럴 때가 아니다. 빨리 엑스에게 알려야 한다. 지금쯤 엑스도 화가 풀어져 도와줄 준비가 되어 있을 것이다. 그런데 아무리 뒤져도 휴대폰이 나오지 않았다. 메고 있던 작은 가방에도, 주머니에도 없었다.

"내 휴대폰 못 봤어?"

신강에게 오기 전에 분명 가지고 있었다. 여기 올 때도 가지고 있던 기억이 난다.

"없어?"

"어디 흘렸나 봐. 일단 엑스에게 가자. 퀵서비스 사무실에 있을 거야."

신강과 택시를 타기 위해 건물을 내려오다가 바닥에 떨어져 있는 내 휴대폰을 발견했다. 마치 내가 발견해주기를 기다리던 것처럼 출입문 앞에 놓여 있었다. 이상한 일이었다.

우리는 퀵서비스 사무실이 있는 오피스텔로 갔다. 엑스는 뭔가를 그리고 쓰고 뚝딱뚝딱 조립하느라 바빠 보였다. 내가 그 남자에게 모든 것을 털어놓았고, 결국 그 남자가 다른 우주를 데리고 도망갔다는 말을 해도 꿈쩍도 안 했다. 마치 관심 없다는 듯이.

"내 말 안 들려요?"

어깨를 잡고 흔들고 나서야 엑스는 손과 뇌를 멈추었다. 아까 화내고 흥분하던 모습은 사라지고 이미 평온한 얼굴이었다. 약간 웃음을 띠고 있는 것처럼도 보였다.

"의사 건은 내가 알아서 할 테니까, 지금은 날 내버려둬. 너는 가서 내가 연락하기만 기다리면 돼."

건방지고 나를 무시하는 말이었지만 지금 무엇보다 내게 필요한 말이었다. 나는 누군가 알아서 해주길 기다리고 있었는지 모른다. 일이 잘되려고만 하면 틀어지고 만다. 신이라는 게 있다면, 나를 방해하려고 작정한 것 같다. 운명이 내 편이 아니라는 생각에 나는 머리가 터질 지경이었다. 모든 고민에서 벗어나 엑스에게 의지하고 싶었다. 제2우주를 잃어버린 지금, 돌아가는 법을 하루빨리 찾기를 바라는 수밖에 없었다.

신강이 또 나를 따라왔다. 이제는 이상하게 여겨지지도 않았다. 사건이 있은 뒤로, 해니보다 신강과 같은 길을 더 많이 걸었다. 나는 새 친구를 몰래 지켜보았다. 옆모습이 편안해 보였다. 이렇게 엄청난 일에 말려들게 된 아이로는 보이지 않았다. 어쩜 저렇게 단단할까. 아마 내가 아니라 신강이 다른 세상에 떨어졌다면 이야기는 많이 달라졌을 것이다.

우리는 애써 제2우주에 대해 이야기하지 않았다. 그러다가 사거리를 지날 때, 또 경찰차를 보았다. 약국 문은 굳게 닫혀 열리지 않은 지 오래였다. 그 앞에서 수군거리는 사람들도 이제 드물었다. 집결했다가 해산 명령을 받은 것처럼 사람들은 모이지 않았다. 아림이는 아직도 실종 상태. 벌써 수일이 지났으므로 연쇄살인과 관련이 있건 없건 아림이가 살아 있을 확률은 줄어들었다. 사람들은 그걸 알기에 입을 다물거나 혹은 집 안에서만 떠들게 된 것이다. 나도 마음속 아림이에 대해 혼자 떠들고 있었다.

그 애는 이제 돌아올 수 없을 거야.

"너 그 영화 봤어? 범죄를 미리 알고 막는 SF영화."

신강이 갑자기 걸음을 멈추고 영화 얘기를 꺼냈다. 〈마이너리티 리포트〉. 제목을 알지만, 아림이를 주제로 한 대화가 이어질까 봐 모르는 척했다. 그 애를 잃어버린 것을 이야기하기 싫은 만큼 아림이에 대해서도 이야기하기 싫었다. 내 생각을 털어놓는 일 자체가 잔인하게 여겨졌다. 신강은 자못 심각한 얼굴이었다.

"너에게 일어난 일 말이야. 꼭 영화 속에서나 나올 것 같은 일이잖아. 영화 속에서 일어나는 일이 실제로 있을 수 있는 거라면 난 범죄 예방 시스템이 진짜 있으면 좋겠어. 그러면 이런 일도 없을 거야. 어린애를 납치하다니 잔인하잖아."

'사실 내가 온 곳에서 그 여자애는 아주 옛날에 죽었어.'

그냥 가만히 있었다. 내가 말해버리면, 이루어져버릴까 봐 겁이 나기도 했다. 꼭 천기누설이라도 하는 기분이 들었다.

"난 사실 형사가 되는 게 꿈이거든. 근데 형사라는 직업이 없어져서 형사가 못 돼도 좋으니까 범죄가 다 사라져버렸으면 좋겠다."

신강 말에 아무 대꾸도 할 수 없었다. 아림이가 납치당할 것을 미리 알았더라면 얼마나 좋았을까. 나에게 신비한 일이 생긴 것처럼 이왕이면 신비한 힘도 생겼더라면 나는 누군가의 죽음을 막았을지도 모른다. 그러나 지금 할 수 있는 일은 아무것도 없다. 이방인답게 먼발치에서 지켜보는 수밖에.

내 일만으로도 벅차서 약국 아저씨 딸이 실종된 걸 그저 순리라고 생각하려 했다. 하다못해 어딘가에서 이미 죽었을 것이라고 단정 지었다. 나에게는 죽은 사람이어서 그런 거라고 하고 싶지만 사실 앞뒤가 맞지 않는다. 그런 논리라면 엄마 역시 이미 없는 사람이라 생각해야 한다. 엄마에게 똑같은 일이 일어난다면 참을 수 없을 것이다.

신강과 헤어지고 나서도 죄책감이 마음 한구석을 짓눌렀다. 답답한 마음에 텔레비전을 켰다. 재미없는 프로그램만 했다. 평소라면 재미있다고 했을 것도 다 심심하기만 했다. 스포츠 중계는 자기들끼리 공을 가지고 노는 것 같았다. 이겨서 무엇을 하겠다고 저렇게 열심히 하는지 공감이 되지 않았다. 오락 프로그램에서는 자기들끼리 깔깔대며 웃었다. 나는 즐기기 위한 프로그램들에서 대의를 찾고 있었다. 좀 더 엄청난 목표와 목적을.

전혀 즐길 수가 없었다. 이 세상에서 지금 나만 혼자 있는 것 같았다. 빈집이 새삼 쓸쓸하게 느껴졌다. 엄마에게 전화를 걸려다가 눈물이 날 것만 같아 관두었다. 엑스는 어떻게 해서든 연구를 성공시킬 사람이다. 나는 돌아간다. 그리고 이곳은 원래 우주가 채운다. 엄마가 없는 곳으로 돌아가야만 한다. 그게 순리다. 옳은 일이다.

그다음으로 생각난 사람은 아빠였다. 무작정 아빠에게 전화를 걸고 나서야 딱히 할 말이 없다는 걸 깨달았다.

"딸, 무슨 일 있어?"

"아니, 언제 오나 해서."

"아, 아빠가 지금 인터뷰 중이거든. 나중에 다시 걸게."

전화가 뚝 끊겼다. 아빠가 지금 취재를 하느라 그런 건 줄은 알지만, 어쩐지 서운하다. 다시 걸어서 화낼까? 아빠라면 내 비위를 맞추느라 당장 달려올지도 모른다. 아무리 유명한 배우나 거장 감독이라 하여도 아빠에게는 딸이 1순위일 것이다. 통화 버튼을 누르다가 통화 목록이 눈에 들어왔다.

왕재수

나는 도대체 무슨 생각으로 아빠를 '왕재수'라고 저장해놓은 걸까. 좀 부끄럽다. 그냥 '재수' 정도로 해도 될 텐데. 아니면 담백하게 '아빠'. 갑자기 내가 온 저쪽 세상에서 아빠가 나를 찾아 헤매고 있는 건 아닌지 걱정이 됐다. 미처 생각 못 한 사실이다. 나는 아림이처럼 실종된 걸로 처리되어 있을 것이다.

통화 목록을 보다가 그 밑에 있는 엄마 번호를 보았다. 예전 엄마 번호를 아직까지 안 지우고 가지고 있었다. 잘한 일이다. 이렇게 또 쓸 날이 올 줄 알았던 건 아니지만, 내가 엄마를 놓지 않은 증거였다. 그런데 그 밑에 모르는 발신 번호가 있었다. 발신한 시각은 낮이었다. 난 모르는 곳에 건 적이 없었다. 잘못 눌렀나?

신강을 불러야겠다고 생각했다. 그러나 신강을 내 일에 더 엮어서는 안 된다. 나는 돌아갈 사람이고, 신강은 남을 사람이다. 고민 끝에 해니에게 메시지를 썼다.

우리 집에 와줄래?

답장을 기다리면서 이곳저곳으로 텔레비전 채널을 돌렸다. 뉴스에 아림이 사건이 나오고 있었다. 연쇄살인일 가능성이 많아서인지 아직도 화제에 올라 있었다. 아마 아림이가 시체로 발견되거나 더 엄청난 사건이 터질 때까지 뉴스는 아림이를 주인공으로 삼을 것이다.

"손아림 양이 당시 입었던 옷입니다."

노란 옷을 입은 아림이 사진이 나왔다. 사진 속 아림이는 인형을 안고 환하게 웃고 있었다. 그런데 인형이 눈에 익었다. 파란색 곰 인형. 손으로 한 땀씩 바느질해 만들어 하나밖에 없을 것이 분명한 그 인형.

엑스 오피스텔에서 보았던 바로 그 곰 인형이었다.

17

희생 없이는 승리도 없다.
– 〈트랜스포머〉(2007)

나는 우리 집으로 달려와준 해니를 껴안았다.

"왜 그래, 우주야?"

해니는 불이란 불은 다 켜 있는 우리 집을 보며 어리둥절해했다. 내 눈치를 보면서 필요 없는 불을 하나씩 껐다. 언제 내가 그 불을 다 켰는지, 나도 모르겠다. 갑자기 아무도 없는 집이 스산하게만 느껴져서 빛으로 빈 공간을 채우려고 그랬다.

"해니야, 파란색 곰 인형이, 그것도 손으로 만든 곰 인형이 흔할까?"

"그거야…… 무슨 천으로 만드느냐에 따라 다른 거잖아. 흔하지는 않지……."

"그렇지? 게다가 모양도 아주 똑같아 보인다면 같은 걸로 봐야겠지? 그래……. 아냐. 그런데 내가 잘못 봤을지도 몰라. 확인을 해봐야겠어!"

"무슨 소리야? 뭘 확인해보려고?"

해니가 걱정스레 나를 잡았다. 나는 숨을 몰아쉬었다. 숨 쉬는 게 새삼 어려웠다. 어떻게 이럴 수가. 아닐 것이다. 엑스가 왜 아림이 물건을 가지고 있는 거지? 아림이를 납치한 게 그럼 엑스라는 것일까? 왜? 엑스와 아림이는 아무 연관도 없고, 내가 돌아갈 방법을 찾는 연구와 아림이도 관계가 없다. 그러므로 자료로 모으다가 발견했다고 보기도 힘들다. 엑스를 처음 만났을 때 느꼈던 기이한 기운이 다시 주위를 감싸는 것 같았다.

순간 머리가 핑 돌았다.

"우주야!"

해니가 나를 부르는 소리가 멀어져 갔다. 낮에 맞은 마취 주사 때문인가? 왜 이러지? 기운이 없었다. 하루에 두 번이나 기절하듯 잠드는 게 흔한 일은 아니었다.

아빠 얼굴이 보인 것 같았다. 눈을 감았다.

엄마 얼굴이 보였다. 엄마. 부르려고 했으나, 힘이 없었다. 눈꺼

풀을 들고 있을 힘도 없는지 눈이 자꾸 감겼다. 중간에 모르는 얼굴이 보였지만, 누구냐고 묻지도 못했다. 누군가 잠 속으로 나를 끌고 들어가는 것 같았다. 까마득한 어둠 속에 빨려 들어가 자꾸 이미지만 있는 무서운 꿈을 꾸었다. 중간에 몇 번 깨었던 것 같지만, 모두 꿈결 같았다. 어느 순간 아빠가 나를 안아 올렸고, 무슨 말인가를 나눈 것 같았지만 내 목소리조차 들리지 않았다.

정신을 차렸을 때는 새벽이었다. 식은땀 때문에 베개가 축축했다.

"이제 좀 괜찮니?"

내 책상에 엎드려 자고 있던 엄마가 기척을 느끼고 일어났다.

"엄마, 바쁘잖아……."

"아냐. 안 바빠."

왜 그랬는지 모르지만 엄마에게 피해를 주는 것 같아 그게 가장 마음에 걸렸다. 엄마는 조용히 내려가 아빠를 데리고 올라왔다. 아빠는 쟁반 위에 물이 담긴 컵을 세 잔이나 들고 있었다.

"뭐 마실래? 얼음물, 미지근한 물, 따뜻한 물. 뭐가 좋을지 몰라서……."

눈물이 왈칵 쏟아졌다. 바보, 왕재수 아빠.

"왜? 왜 울어?"

내 부모가 허둥댔다. 나는 바보처럼 울기만 했다. 아픈 탓에 마음이 약해져서일 것이다. 그리고 지금 이 따뜻한 가족으로 보이는 상황이 환상처럼 느껴져서다. 진짜 내게 주어진 것이 아니다. 누려야 할 주인공은 다른 사람이다. 나는 다만 남의 자리에 들어와 앉아 있는 것이다. 꼭 가상 현실처럼. 2년 전이 그립다. 진작 이런 가족을 연출하지 못한 후회가 환상으로 표현되어서 지금 이런 일이 벌어졌는지도 모른다. 가짜라고 해도 좋다. 예전부터 엄마 아빠에게서 벗어나고 싶다고 생각하기만 한 게 바보처럼 느껴질 정도로 마음이 녹아내렸다.

"우주야, 도대체 무슨 일이야? 의사 말로는 무슨 충격을 받은 것 같다고 하던데."

"의사?"

"너 응급실 갔던 거 기억 안 나? 갔다가 깨서 다시 집에 온 거잖아. 오자마자 다시 잠들고."

비몽사몽 중에 그런 일이 있던 것도 같았다. 그럼 아까 봤던 모르는 사람이 의사구나. 그런데 왜 이렇게 기운이 없을까. 또 꿈속으로 빨려 들어갈 것 같은 조짐이 느껴졌다.

"좀 쉬어. 체력이 많이 떨어져 있어서 무조건 쉬고, 흥분하면 안 된대."

마취 주사를 맞고 쓰러진 게 마음에 걸렸지만, 말할 수 없었다. 엄마와 아빠에게 모든 걸 말하면 걱정만 끼칠 거라는 걸 알기에,

그리고 금세 다시 잠이 들어서 그럴 수가 없었기 때문이다.

　내 전화기가 울리는 소리가 났다. 반사적으로 눈이 떠졌다. 날이 화창했다. 커튼 사이로 밝은 햇살이 들어왔다.

　"여보세요? 우주 휴대폰입니다."

　엄마가 전화를 받는 소리가 났다. 엄마는 눈을 마주치며 밥 먹을 시간도 없을 정도로 바쁜 사람이다. 여기 앉아서 내 전화나 대신 받을 사람이 아닌데, 괜히 나 때문에.

　"엄마, 누구야?"

　"강이라는데? 신강. 저번에 저녁 먹고 간 그 애지?"

　전화기가 건네졌다. 반가운 목소리가 들려왔다.

　"많이 아파?"

　"아니."

　"거짓말인 거 다 알아. 나 지금 병문안 가도 되지?"

　"아냐. 오지 마. 나 지금 거지 같단 말이야."

　거울에 초췌한 내 모습이 비춰졌다. 신강이 앞에 있기라도 한 듯 부끄러웠다. 옆에서 대화를 엿듣던 엄마가 킥킥 웃었다.

　"알았어. 안 갈게. 엑스 연구는 언제 끝날까?"

　"아, 그거. 몰라. 아마……."

　앗. 중요한 사실을 잊고 있었다. 생각만으로도 머리가 아파져서 일부러 안 떠올린 건지도 모른다. 파란 곰 인형.

엄마가 옆에 있어서 주저리주저리 다 말할 수가 없었다.

"그러지 말고 한번 가봐. 그리고 구석에 있는 작은 상자를 찾아서 가져와. 그 사람한테는 말하지 말고. 다른 상자랑 다르게 테이프가 붙어 있어. 내가 한번 뗐다가 붙이긴 했는데."

중요한 정보가 들어간 단어를 빼려고 조심하느라 괜히 목소리가 작아졌다. 엄마는 웬 상자냐는 표정으로 나를 보다가 눈이 마주치자 얼른 고개를 돌렸다. 딸 통화나 엿듣는 고리타분한 엄마가 되고 싶지 않은 것이다. 미래로 나아가는 신세대 과학자 엄마니까 당연하다.

"옆에 어머님 계시는구나? 알았어. 뭔지는 모르지만, 해볼게."

다행히 신강은 말귀를 잘 알아듣고 눈치도 빨랐다. 그리고 한 시간 뒤 메시지를 보냈다.

엑스가 연구에 빠져서

자리를 비우질 않아.

내용물 사진이라도 찍어서 보내주려고 했는데

찾아볼 수가 없다.

어머님 안 계실 때 전화해줘.

사진이라는 단어를 보자, 뒤늦게 내가 인형 사진을 찍어두었다는 게 떠올랐다. 휴대폰에서 사진을 찾았다. 딱 보기에도 비슷해 보였지만, 정확히 하기 위해서 인터넷에서 손아림 사건 기사를 검색해 사진을 찾았다. 노란색 옷을 입은 아림이 팔에 들린 곰 인형은 사진과 정확히 일치했다.

이럴 때가 아니다. 갑자기 아픈 바람에 하루를 낭비해버렸다. 인형과 같이 있던 잡동사니들은 어렴풋이 떠올랐다. 도저히 엑스의 것으로 보이지 않던 여자 물건도 있었다. 물건들은 연쇄살인 피해자들처럼 아무 연관도 없어 보였다. 그래서 더 수상했다. 경찰도 아림이의 실종을 연쇄살인범 소행일 가능성을 배제하지 않았다.

또 호흡이 가빠왔다. 숨을 몰아쉬면 안 된다. 천천히, 천천히. 내 숨 쉬는 소리가 이질적으로 들렸다. 이곳에서 들리지 말아야 할 소리여서일까? 나 자체가 이물질이나 다름없었다. 금세 호흡이 더 거칠어졌다.

하나. 둘. 하나 둘.

침착해야 한다. 정신을 바싹 차려야 하는 사람은 나였다.

신강아,
혹시 연쇄살인 피해자들의 소지품 중 없어진 게 있었는지
좀 알아봐줘.

밤을 샌 엄마가 잠들길 기다렸다가 옷을 챙겨 입었다. 아무래도 내가 직접 확인해봐야 하는 일이 있었다.

손약국 문은 여전히 닫혀 있었다. 굳게 닫힌 문 앞에서, 약사 아저씨가 나에게 농담을 하던 그때를 회상했다. 그때는 짜증만 났지만, 지금 와서 생각해보면 아무 일 없는 일상이 행복했다. 엑스가 연구에 성공해서 나를 돌려보낼 수 있다면, 이 일은 나와 전혀 상관없는 일이 된다. 하지만 그렇게 가버리면 내 마음이 편할까? 게다가 엑스에게 엄청난 비밀이 있는데도?

약국 바로 옆에 있는 편의점에 들어갔다. 주인은 없고 아르바이트 하는 대학생 언니가 있었다. 아는 사이는 아니지만, 종종 본 적이 있어서 낯이 익었다. 나는 콜라 캔을 하나 들고 계산대로 갔다. 이런 식으로 잘 모르는 사람에게 말을 건 적이 없어서 떨렸다. 그래도 약사 아저씨 소식을 알려면 물어보는 수밖에 없다.

"저기…… 혹시……."

그때 가게 문이 열렸다. 약사 아저씨가 초췌한 얼굴로 들어왔다. 하마터면 알은척을 할 뻔했다. 여기서 이 아저씨는 나를 두어 번 본 손님으로 기억하거나, 전혀 기억 못할 것이다. 아니나 다를까 아저씨는 나를 봤는지 못 봤는지 곁을 그냥 지나쳤다.

"어, 어서 오세요……."

편의점 아르바이트 언니는 약사 아저씨와 인사하며 지내는 사이인 듯했지만 눈치를 보며 말을 걸지 못했다. 당연히 나도 아저씨에게 말을 걸 수 없었다.

약국 아저씨는 담배를 샀다. 아저씨가 담배를 피우는지 몰랐다. 안 피우는데 피우게 된 건지도 모른다. 편의점 언니는 두말없이 계산을 하고 동정 어린 눈빛으로 아저씨에게 잘 가라고 말했다.

나는 어쩔 수 없이 약사 아저씨를 따라 나왔지만, 마냥 따라가는 것밖에 할 수 없었다. 말을 걸 용기가 도저히 안 났다. 차라리 확인하고 싶지 않았다. 곰 인형이 정말 만든 것이라 딱 하나뿐인 건지, 아림이가 가지고 다니던 게 맞는지, 그날도 가지고 있었는지. 진실을 아는 것이 겁이 났다.

그래도 나는 물어야 했다.

"저, 저기……."

떨어서인지 숨이 또 가빠왔다. 지금 이러면 안 돼. 머리가 어지럽다. 쓰러질 것만 같다. 나는 휘청거리다가 마지막 힘을 내서 달려가 약국 아저씨 옷자락을 잡았다. 잡자마자 다리가 풀렸다.

그대로 몸이 내려앉았다. 시간이 천천히 흘러가는 것처럼 아저씨가 천천히 뒤돌았다. 나를 보고 눈이 커졌다.

"학생, 괜찮아요?"

하늘이 보였다. 또 쓰러지고 만 것이다.

18

공격이야말로 최선의 방어라고 할 수 있지.
– 〈엑스맨– 최후의 전쟁〉(2006)

눈을 떠보니 동네 병원에 있는 병실이었다. 약사 아저씨 얼굴이
가장 먼저 보였다. 나를 내려다보는 아저씨 눈빛이 익숙한 느낌이
었다. 애정과 슬픔이 어린, 예전에 나를 딸로 여기던 그때 그 눈빛
이었다. 그때는 슬픈 눈빛인지 전혀 몰랐다. 다시 내 세계로 돌아
간 건 아닐까 하는 착각이 들었지만 그것도 잠깐이었다. 아저씨가
나를 보는 눈빛이 금세 손님을 대하는 친절한 눈빛으로 바뀌었다.

"학생, 정신이 좀 들어요?"

"예……."

"무슨 병이 있는 건 아니고 그저 체력이 많이 떨어진 거래요. 누구한테 전화 걸어줄까요? 금방 깨어나서 아직 누구한테 연락 안했는데……. 아, 그리고 메시지가 왔어요."

약사 아저씨가 휴대폰을 건네주었다. 신강이 보낸 메시지가 와 있었다.

아직도 전화 받기 곤란해?
네가 말한 거 알아봤어.
립스틱이나 손수건 같은 자질구레한 물건이 사라졌대.
인터넷에서는 살인범의 전리품이라고 부르더라고.

이럴 수가. 내 예상이 맞았다. 엑스가 그럼…….

몸을 일으키다가 보니까 손에 링거 주사가 꽂혀 있었다. 이 세상에 오기 전까지는 한 번도 이런 걸 맞아본 적이 없었다. 나는 건강한 열여섯 살 여자애였다. 뭔가 잘못되어가고 있는 건 아닐까.

"그럼 나는 이만 가볼게요. 학생, 몸조심하고."

아저씨가 일어섰다. 잡아야 한다.

"잠깐만요! 하나만 물어봐도 돼요?"

아저씨가 당황했다. 자신이 요즘 떠들썩한 주인공의 부모라는 걸 알리고 싶지 않은 눈치였다. 여태까지 수많은 사람들에게 질문을 듣느라 곤혹을 치렀을 것이다. 좀 괜찮으냐고 안부를 묻는 말까지 듣기 힘들었을 것이다.

잔인하지만 밀어붙이기로 했다. 지금 아니면 못 물어볼 것 같아서. 다짜고짜 휴대폰에 있는 사진을 들이밀었다.

"이 인형 알죠?"

사진을 들여다보던 아저씨 얼굴이 고통스럽게 일그러졌다. 괜히 말을 꺼냈다는 생각이 들었지만, 언젠가 거쳐야 할 일이었다. 나는 굳게 마음을 다잡고 다시 한 번 물었다.

"그날도 가지고 있었나요?"

"혹시 인형을 찾았나요?"

아직 확실하지 않은 사실에 헛된 희망을 주고 싶지 않다. 단지 그 물건들이 우연히, 또는 누군가의 조작에 의해 거기 있게 된 것일지도 모른다. 그러나 내 바람과는 달리 모든 정황은 엑스가 범인임을 가리키고 있었다.

만약 정말 엑스가 범인이라면, 집에 돌아갈 방법을 찾을 길이 없어진다. 그게 아니라도 일이 커져 조사가 시작되면 제2우주가 발각될지도 모른다. 하지만 약국 아저씨는 알아야 할 권리가 있다. 게다가 만약 아림이가 아직 살아 있다면……. 머릿속이 뒤죽박죽이 되어 복잡하게 엉켰다.

"…… 봤어요."

"어디서? 어디서요?"

아저씨 얼굴이 하얗게 질렸다. 이제는 내가 아니라 약사 아저씨가 누워야 할 것처럼 보였다. 어떻게 설명해야 할까. 어차피 나 혼자 해결할 수 있는 문제가 아니다. 그렇다고 경찰에 알릴 수도 없다.

"신고하지 않겠다고 약속해주세요. 정확한 사실도 아니고, 또⋯⋯."

"제발 말만 해줘!"

말할 수밖에 없었다. 물론 나에 대한 이야기는 하지 않았다. 우연히 만난 엑스와 엑스의 사무실에 있던 상자 안 물건.

아저씨는 오열했다. 나는 위로를 할 수도 함께 울 수도 없었다. 그래서 신강에게 전화를 걸어 이쪽으로 와달라고 했다. 더는 신강을 끌어들이지 않겠다고 다짐했는데, 자꾸 내 마음이 신강을 필요로 했다.

신강이 도착할 때까지 나는 멍하니 앉아 아저씨가 우는 것을 보았다. 아저씨는 신강이 오기 직전 흥분을 가라앉히고 냉정을 찾았다. 꼭 다른 사람이 들어간 것 같았다.

"그놈 사무실이 어디라고?

친절하기만 한 약사 아저씨는 어디에도 없었다. 목소리가 떨렸지만, 두려움 때문은 아니었다. 오히려 분노가 실려 있는 소리였다.

"아직 늦지 않았어요. 살인범은 늘 살인을 하자마자 피해자가 발견되게 만들었거든요. 아직 아림이는 살아 있는 거예요."

신강이 조심스럽게 말했다. 약사 아저씨는 조금도 흔들리지 않았다. 단단하고 강했다. 이미 아저씨는 자신이 흔들리면 아무도 아림이를 구할 수 없다는 걸 알고 있었다. 용기 있는 아저씨를 보고 있노라니 느닷없이 그 애가 떠올랐다. 제2우주. 나는 당연히 그 애를 구해 제자리를 찾아줘야 함을 알면서도 한동안 묵인했다. 이기적이고 비겁했다. 또 다른 나에게 잔인한 짓을 했고 결국 그 애를 잃어버렸다.

우리는 엑스 사무실이 있는 오피스텔 앞까지 갔다. 신강이 나올 때까지만 해도 엑스는 안에서 연구에 몰두하고 있었다. 우리는 세 사람, 엑스는 하나. 아무리 엑스가 영악하다고 해도 힘이 세고 덩치가 큰 신강과 또 다른 성인 남자를 이길 수는 없을 것이다. 다만 자연스럽게 사무실 안으로 들어가는 게 문제였다.

"열려 있는데?"

마치 우리를 기다리고 있었다는 듯 문이 열려 있었다. 자신은 뭐든지 다 알고 있던 엑스 말이 떠올랐다. 우리가 올 줄 알고 있던 것이다. 어쩌면 내가 상자를 뜯었던 것을 알아채고 만반의 준비를 했을지도 모른다.

조심하며 안에 들어섰지만, 사무실은 비어 있었다. 언제나 의자에 뿌리를 내린 듯 책상 앞에 있던 엑스가 없어서인지 처음 온 장

소처럼 생경했다. 상자와 물건은 그대로 놓여 있었다. 마치 이제 이따위 물건들은 필요 없다는 듯이 내버린 느낌이다. 문을 열어두었다는 것 자체가 사무실을 통째로 버린 셈이다.

"어디 갔지?"

의자는 엑스가 바삐 나간 상황을 보여주듯 멀리 밀려나 있었다. 책상 위는 이상한 공식들로 꽉 채워진 종이가 널려 있었고, 저번에 보았던 엄마 기사 사진이 나와 있었다. 방금 전까지 엑스가 이 사진을 본 것 같은 기분이 들었다.

"여긴 왜 잠겨 있죠?"

좁은 사무실을 샅샅이 뒤지던 약사 아저씨가 화장실 문 앞에 서 있었다. 나는 엄마 사진에서 눈을 떼지 않은 채 대답했다.

"거긴 화장실로 안 쓰고 창고로 쓴다고 했어요."

나는 눈을 감고 귀를 기울였다. 아무 소리도 들리지 않았다. 그래서 애꿎은 의자를 노려봤다. 엑스가 남긴 잔상을 느끼고 싶었다. 어디서 어떻게 걸었고 어떤 생각을 했는지 알고 싶었다. 엑스처럼 미세한 떨림까지 느낄 수 있다면 그림자를 따라갈 수 있을 터였다.

"열어봐요!"

신강과 아저씨가 화장실에 매달렸다. 나는 계속 엑스를 따라가기 위해 집중했다. 우리를 위해 문을 열어두며 웃음을 짓는 엑스가 보였다. 그전에는 책상 앞에 앉아 기사 속 엄마 사진을 보았다. 엄마 사진을 보며 무어라 중얼거리기도 했을 것이다.

뭘까, 이 기분은.

쿵쿵.

화장실 문이 잠겨 있는지 두 사람은 온몸으로 밀었다. 지은 지 얼마 안 된 오피스텔 문은 꿈쩍도 하지 않았다.

"차라리 열쇠를 찾아봐요."

두 남자가 열쇠를 찾느라 서랍이란 서랍을 다 뒤지는 와중에도 나는 엄마 얼굴을 들여다봤다. 처음 여기 와서 엄마 기사를 봤을 때도 분명 느낌이 이상했다. 엑스가 우리 가족에 대해 말했을 때도 이상스레 소름이 끼쳤다. 또다시 머리가 핑 돌았다. 쓰러지면 안 된다. 지금은 안 된다.

알아야 한다. 알아내야 한다.

엑스는 여기 없다. 그리고 여길 떠나기 전 엄마 기사를 꺼내서 보았다. 저번에 발견했던 것과는 느낌이 달랐다. 이번에는 엑스가 기사를 읽은 게 아니라 엄마 얼굴을 빤히 보고 있었던 것 같은 불길한 느낌.

"찾았다!"

신강이 열쇠 꾸러미를 들고 화장실 앞에 갔다. 찰카닥찰카닥. 열쇠 몇 개를 맞춰보는 소리가 들리더니 이어서 철컥 열리는 소리가 났다.

"아림아!"

비명에 가까운 소리를 듣고 나서야 정신이 번쩍 났다. 아림이라고? 화장실로 달려갔다. 안에는 아무도 없었다. 아무것도 없었다. 변기를 비롯하여 화장실다운 건 모조리 뜯어져 있었다. 다른 용도로 쓴다는 엑스 말이 맞았다. 그러나 창고도 아니었다. 비어 있다는 사실이 한없이 의심스럽기만 했다. 눈을 감으니 방금 전까지 이 안에서 축 늘어져 있던 아림이가 보였다. 아림이의 잔상. 내 환상일 뿐이었다.

"이제 어떻게 해야 하지?"

신강이 힘이 빠져 주저앉은 약사 아저씨를 달래며 말했다. 내 환상 속 아림이는 곤히 자고 있었다. 자신의 부모와 세상이 들썩였다는 것은 상상도 못하는 편한 얼굴이었다. 꼭 그 애 같았다. 아무것도 모른 채로 꿈을 꾸고 있는 우주. 또 다른 우주가 자기 행세를 하는 꿈을 꾸는 건 아닐까.

아림아, 일어나봐.

우리가 조금만 일찍 왔어도 아림이를 흔들어 깨우기만 하면 됐을 거라는 확신이 들었다. 나는 망연히 빈 화장실을 바라보았다.

"아, 아저씨, 우주야!"

우리 중 유일하게 정신을 차리고 있던 신강이 문밖을 가리켰다. 열린 문 앞에 누군가 서 있는 게 보였다. 그게 누군지 알아보는 데는 오래 걸리지 않았다.

아림이가 무표정한 얼굴로 서 있었다.

약사 아저씨가 비명조차 못 지르고 달려가 아림이를 안았다. 그제야 아림이는 아주 어린 아기로 돌아간 것처럼 으앙 울음을 터뜨렸다. 이제 막 태어나 낯선 세상에 던져진 아기처럼 힘찬 울음이었다. 자신이 왜 여기 있는지 모르는 것처럼.

아저씨가 아림이를 데리고 밖으로 나갔다. 따라가려던 신강이 나에게 물었다.

"괜찮아? 얼굴이 또 하얘."

엑스는 왜 아림이를 내버리듯 돌려보냈을까? 그렇게 연구가 중요했나? 아림이에게 흥미를 잃었던 건 아닐까? 책상 위에 놓인 엄마 기사를 바라보는 엑스가 눈에 훤했다.

"또 어지러워? 그런 거야?"

엑스는 정말 기사를 읽지 않았다. 짧은 기사를 재차 읽었을 리 없었다. 엄마 얼굴을 보기 위해 기사를 다시 꺼낸 것이다.

"우주야, 말 좀 해봐. 나 보여?"

마음속에서 비명이 터져 나왔다. 비명은 쓰러지려던 몸을 다시 일어서게 만들었다. 나는 신강을 꽉 붙잡아 버티며 말했다.

"가야 해. 엑스가 엄마에게 간 것 같아."

19

I'll be back!
- 〈터미네이터〉(1984)

"너무 걱정은 하지 마. 그저 뭔가 물어보러 갔을지도 모르잖아. 엑스가 연구에 미쳐 있잖아. 원래 너희 엄마 연구였으니까 그런 걸 거야."

나와 신강은 택시를 타고 우리 집으로 갔다. 택시 안에서도 내내 불안해하는 나를 신강이 달래려 노력했다. 그러나 아무리 노력해도 두근대는 심장을 느리게 할 수는 없었다.

엑스에게 이상한 구석이 많다고는 생각했다. 그저 엑스 본인 말대로 천재라서 그런 것이라고 여기고 넘어갔을 뿐이다. 엑스는 시공간을 느낄 수 있는 초능력이 있다고 했다. 그게 이 일과 무슨 연관이 있을까? 분명 엑스는 내가 다른 곳에서 왔다는 걸 느꼈다. 거짓말을 한 건 아니다.

택시에서 내리자마자 우리 집 앞에 주차되어 있는 퀵서비스 차를 발견했다. 택시비를 내는 신강을 기다리지 않고 집으로 뛰어 들어갔다.

"엄마!"

침대 위에 엄마가 누워 있었다. 내가 나갈 때처럼 곤히 잠들어 있었다. 혹시나 하는 생각에 살짝 고개를 숙여 숨소리를 확인해보았다. 편안한 숨소리가 들려왔다.

휴.

재수 없는 상상을 한 내가 싫었다.

엄마는 무척 괜찮아 보였다. 다만 피곤했기에 간만의 달콤한 낮잠을 즐기는 중이었다. 차마 깨울 수 없을 정도로 좋은 잠이었다. 자는 엄마를 침대 발치에서 물끄러미 내려다보는 엑스를 그려보았다. 계획을 수정하고 방을 빠져나가는 엑스를.

"우주야, 어머님은?"

"쉿!"

엄마가 깰까 봐 신강을 데리고 방에서 나왔다. 엑스가 방에서 빠져나가 다음 목적지로 선택할 만한 곳은 한 군데밖에 없었다. 엑스는 무슨 이유에서인지 엄마 연구 자료가 더 필요한 것 같았다.

우리는 지하로 내려갔다. 지하로 가는 계단이 깜깜했다. 창으로 빛이 들지 않아 지하에는 늘 불을 켜두었다. 계단에는 센서 등이 있어서 어둠 속에 갇힐 일이 없었다. 그러나 등은 작동하지 않았다.

"그냥 내려가면 위험하겠어. 집에 손전등 있지? 어디 있어?"

"신발장 안에 있어."

"기다려. 절대로 혼자 내려가면 안 돼."

신강이 신신당부를 하고 손전등을 가지러 갔다. 나는 어두운 계단 위에서 아래를 내려다보았다. 위는 햇빛이 드는 거실이어서 환했지만, 아래로 내려갈수록 어둠이 짙어져갔다. 어둠 속에서 오도카니 서서 내 쪽을 올려다보는 엑스가 보이는 듯했다. 어차피 내 상상에 불과했다. 엑스가 저기 서 있을 리 없다. 엄마 연구실에서 무언가를 찾고 있을 것이다.

"난 여기 있어."

나지막하게 엑스 목소리가 들려왔다. 아주 작은 소리였지만, 똑똑히 들렸다.

"이리로 내려와."

"싫어."

말은 그렇게 했지만, 내려가야겠다고 생각했다. 어차피 엑스와 내 문제였다. 신강을 끌어들이고 싶지 않다고 내내 생각해왔고, 지금이 그 기회였다. 신강이 오기 전에 해결해야 한다.

나는 계단에서 넘어지지 않게 조심하며 한 발씩 밑으로 내려갔다.

어둠이 쉽게 눈에 익지 않았다. 지하로 내려가자 눈을 뜨고 있는지 감고 있는지도 모를 정도였다. 검은 안개가 어둠의 형태로 자욱하게 깔려 있었다. 엑스에게서 느껴지던 기이한 기운이 공기 속 미세한 물방울이 되어 흩어졌다. 이제야 기이한 기운의 정체를 알 수 있었다. 섬뜩하지만 침착하고 냉정한 기운. 아무 감정도 느껴지지 않아 구역질이 날 정도로 두려운 살기였다.

"왔어? 연구실로 들어와."

엑스 목소리가 사방에서 울렸다. 겹겹이 싸인 안개가 목소리를 울리게 만들어 엑스의 위치를 숨기는 듯했다. 그러나 곧이어 연구실 비밀번호를 누르는 소리가 들려왔다. 엑스가 어떻게 비밀번호를 알았는지는 궁금하지 않았다. 비밀번호는 여전히 내 생년월일이었다.

어둠 속에 뛰어든 이상 엑스가 어디 있는지는 상관없었다. 나는 팔을 더듬어 식탁으로 짐작되는 곳을 가늠했다. 아직도 잘 보이지 않았지만, 몸은 내가 늘 앉는 자리를 알고 있었다. 마음 같아서는 식탁 앞 내 자리에 가만히 앉아 있고 싶었다. 그러나 시키는 대로 할 수밖에 없었다. 식탁을 그대로 지나쳐 연구실로 갔다. 엑스의 숨소리조차 들리지 않았다. 연구실은 그만큼 방음이 철저했다.

"우주야!"

뒤따라 내려온 신강이 나를 불렀다. 신강은 원래 세계에서도 나와 상관없는 사람. 신강에게 피해를 주어서는 안 된다고 내내 생각해왔지만, 계속 끊지 못했다.

나도 마음을 굳게 먹고 비밀번호를 입력했다. 신강을 단칼에 잘라내듯 연구실로 들어갔다. 자동문이 닫히자 내 이름을 외쳐 부르던 신강의 목소리가 뚝 끊어졌다. 문 하나로 우리는 단절되었다.

"들어왔어요."

"그래. 반가워."

어렴풋이 웃음소리가 들려왔다. 평소에 엑스는 늘 얼굴에 웃음을 지니고 있었다. 그런데도 늘 서늘한 분위기를 풍겼다. 지금도 그랬다. 등줄기를 타고 차가운 땀방울이 흘러내렸다.

"도대체 뭔 짓을 하려는 거예요?"

답이 돌아오지 않았다. 내 말이 허공에 남아 떠돌았다. 엑스는 아무 소리도 내지 않았다. 희미한 엑스의 실루엣만 보일 뿐 표정이 자세히 보이지 않았다. 깜깜하다. 어딘가 아무것도 아니고 아무 곳도 아닌 것에 홀로 던져진 것 같았다. 우주가 이런 느낌일까? 어릴 때 엄마에게 들은 우주는 내가 알던 우주와 여러모로 달랐다. 가장 놀란 것은 지구에서 보는 밤하늘과 달리 우주는 깜깜하다는 사실이었다. 우리가 만화에서 보았던 반짝이는 별들도 볼 수 없다고 했다. 지금 내가 딱 그랬다. 조용한 어둠 속에 갈 길을 잃은 우주인이었다.

그런데 한 줄기 빛이 나를 비추었다. 빛은 신강이 든 손전등에서 나오고 있었다. 신강은 입을 벙긋대고 있었다. 뭐라고 하는 걸까 궁금했다. 신강은 다행히 비밀번호를 몰랐다. 내가 문 하나만 열면 신강이 뭐라고 하는지 알 수 있었다. 그러나 그 문을 열기에는 큰 결심이 필요했다.

"함께 가자."

엑스가 말했다. 마치 내 마음을 알고 있는 듯한 말투였다.

"어딜 같이 가요?"

"내가 말했잖아. 네가 온 곳으로 돌려보내준다고."

어째서 나와 함께 가려는 걸까. 그곳에도 또 다른 엑스가 존재할 것이다. 마주치면 둘 중 하나는 죽게 된다. 엑스는 그림자처럼 숨어 살아야 한다. 나처럼.

"내 걱정은 하지 마. 둘 중 하나만 있게 만들면 되니까."

엑스가 이번에도 내 속을 읽었다. 말뜻을 헤아리는 데 조금 시간이 걸렸다. 그랬다. 엑스는 다른 세계로 넘어가 또 다른 엑스, 즉 자기 자신을 없애려 하고 있다. 그런 일이 가능할까? 내가 나를 죽이는 일. 악몽 속에서나 나올 법한 일을 엑스는 스스로 하려 한다. 타인을 죽이는 일과는 차원이 다른 문제다.

"눈이 마주치기 전에, 목소리를 듣기 전에, 쥐도 새도 모르게 해치우면 돼."

다른 자신을 죽이는 일을 아무렇지도 않게 말하는 엑스가 혐오스러웠다. 다 썩어 문드러져 악취가 풍기는 음식 쓰레기 더미를 뒤집어쓴다고 해도 이보다 더럽진 않을 것이다.

"아저씨 마음대로 되지 않을 거예요."

"그럼 돌아가지 않을 셈이야?"

말문이 막혔다. 나는 돌아가야 한다. 다른 우주를 위해서도 그게 맞다. 한동안 돌아가지 않고 남겠다는 생각을 한 적도 있지만, 이제는 원래 주인에게 자리를 내어주고 돌아갈 각오가 되어 있다. 물론 결심에는 엑스가 지대한 영향을 미쳤다.

"네가 돌아가야 이곳 상황이 모두 제자리를 찾아가는 게 맞잖아? 그게 옳은 일이잖아. 안 그래?"

"맞아요. 그러니까 나 혼자 가게 해줘요."

"왜?"

"왜라뇨?"

신강의 손전등 빛이 사라졌다. 신강이 간 것인지 손전등을 끈 것인지는 알 수 없었다. 어쨌든 어둠을 사이에 두고 대화를 나누는 건 어려운 일이었다. 상대와 협상을 해야 할 때는 더더욱. 목소리에 감정이 실리지 않는 상대라면 성공적인 협상은 불가능하다고 봐야 한다. 물론 엑스는 얼굴에도 눈빛에도 감정이 실리지 않을 테지만 말이다.

"너를 돌려보낼 수 있는 건 나뿐이야. 그러니까 그 보답으로 동행하는 것쯤은 허락해줄 수 있는 거 아니야?"

순간 동요할 뻔했다. 맞는 말이었으니까. 내가 돌아가기로 결정했다면 엑스의 말에 따라야 한다. 그러나 용납할 수 없는 건 엑스가 살인범이라는 진실. 그리고 동행을 함으로 인해 또 다른 살인이 일어난다는 사실. 잊지 말아야 한다. 저놈은 나쁜 놈이다.

"넌 돌아가야 해. 곧 그 애가 깨어날 거야. 날 위해서기도 하지만, 모두 널 위해서 하는 말이기도 해."

"그 애가 깨어난다는 걸 당신이 어떻게 알아?"

"난 다 안다고 했잖아. 의사 놈이 차도가 있다고 보고를 했거든."

의사가 연락을 했다고? 갑자기 남자가 말하던 다른 사람이 떠올랐다. 남자 뒤에 누군가 있었고, 남자는 시키는 대로 했을 뿐이라고 했다. 타인을 쉽게 설득하고 조종하는 사람. 조용하고 그림자같이 움직이는 사람. 엑스라는 걸 왜 몰랐을까.

어둠 속에서 남자에게 지시하는 엑스의 모습이 떠올랐다.

그 애를 이 건물에서 치료해라. 그게 의사 면허가 취소되었고 음주 운전까지 한 당신이 살 길이다.

아이를 옮겨야 한다.

절대로 내 정체를 다른 사람에게 말하지 마라.

그 아이가 깨어나면 가장 먼저 연락을 달라.

남자는 엑스의 말을 그대로 따랐다. 아마 자신을 돕고 조언을 해주는 좋은 사람이라고 생각했을 것이다.

나처럼.

나도 엑스가 곤경에 빠진 나를 도와주는 좋은 아저씨라고 생각했다.

"나쁜 놈! 죄 없는 사람들을 왜 죽였어?"

"내가 살기 위해서 그런 것뿐이야. 세상의 균형이 깨질 때마다 머리가 터질 것 같거든."

"균형? 당신이 말하는 균형이 뭔데? 누군가 죽어야 맞춰지는 게 균형이야?"

이곳에서 이유도 모르고 죽어간 사람들이 떠올랐다. 정확히 말하자면 그 사람들의 소지품들이 눈에 선했다. 일명 살인자의 전리품은 립스틱, 손수건처럼 작지만 주인을 상징하며 엑스의 상자 안에 남아 있었다.

"난 특별하다고 했잖아. 그래서 네가 넘어오며 만든 파장도 느낄 수 있었고. 그런데 다른 세계에서는 죽은 사람이 여기서는 멀쩡히 있으면 어떻겠어? 미세한 진동 수준이 아니라 죽을 것처럼 아

파. 내가 죽든지 그 잉여들이 죽든지 둘 중 하나라면 넌 어떤 선택을 할 것 같냐? 지금도 위에서 아무것도 모르고 자는 잉여 때문에 미칠 것 같아. 이상한 소리가 귓가에 울린다고. 이이이이잉이이이이잉. 난 죽여야 해. 소리가 사라질 때까지 죽여야 해."

엑스는 미친 듯이 중얼거렸다. 아니 정말 미쳤다. 이상한 소리든 죽을 것 같은 통증이든 엑스를 미친 게 한 것은 엑스가 가진 특별한 능력이었다. 특별함이 엑스를 집어삼켰다.

"이이이이잉 이이이이잉. 죽여. 죽여. 귓가에서 이렇게 말하고 있어. 그래서 저 잉여 옆에서 널 발견했을 때 기뻤어. 다른 곳으로 갈 방법이 생겼거든. 거기 가면 새로운 삶을 선물 받고 고통에서 벗어날 수도 있어. 만약 그곳에서도 마찬가지라면 균형을 맞추는 일을 계속 해야겠지만."

엑스의 고통과 미래 계획은 관심 없다. 하지만 '잉여'라는 말은 거슬렸다. 엄마를 그렇게 칭하고 있다는 것을 알았기 때문이다. 내 세계에서 죽은 엄마가 여기서는 살아 있었고 엑스는 다음 목표물로 엄마를 노렸다. 그렇게 주위를 맴돌다가 나를 발견하게 된 것이다.

"당신이 새로운 삶을 살든 말든 관심 없어. 결국 내가 살던 세계에 가서 다른 사람을 죽이겠다는 거잖아."

"넌 그런 거 상관하지 말고 성공하도록 도와주기만 하면 돼. 내

가 널 죽이지 않고 고이 돌려보내주려는 걸 고맙게 여긴다면 가만
히 따르기만 해."

날 죽이지 않는 건 엑스가 말하는 소위 '잉여'와 내가 다르기 때
문일 것이다. 나, 우주가 수많은 평행우주에서 모두 살아나가고 있
다는 증거였다. 균형을 이루고 있어서 엑스는 나를 죽이지 않고 돌
려보내기만 하면 된다고 생각한다. 그러나 엑스는 한 가지를 놓쳤
다. 엑스가 말해준 이론에 따르면 평행우주는 무한히 생겨날 수 있
다. 그러므로 살인을 해서 균형이 맞춰진다면 그러기 위해서 무한
한 여행을 해야 한다. 엑스가 하는 여행과 생겨나는 우주, 누가 더
빠를까. 엑스의 주장 자체가 오류를 지니고 있는 것이다.

네 미친 소리 따위 난 믿지 않아.

난 엑스를 믿지 않는다. 다른 사람을 서슴없이 잉여라고 칭하고
목숨을 쉽게 여기는 사람 말은 들을 가치도 없다. 겨우 결심했을
때 엑스가 다시 말했다.

"내가 저번에 설명해준 거 이해 못했지? 그 애와 마주치지만 않
으면 될 줄 알아? 그 여자애가 깨어나면 넌 그대로 끝이야. 한 우
주 안에서 한 사람이 가질 수 있는 에너지는 일정한데 넌 둘이지.
반씩 에너지를 나눠 써야 하는 거잖아. 그런데 그 애는 운동선수라
며? 너보다 가져야 하는 에너지가 훨씬 많을 거야. 깨어나자마자
에너지가 모두 그 애에게 갔다가 다시 반이 너에게 올 거야. 그런

데 그 에너지가 엄청난 거거든. 잠깐 빠져나간 사이에 넌 이미 끝장났겠지. 요즘 혹시 피곤하지 않았어? 슬슬 그 애가 깨어날 준비를 하는 거야."

목소리를 듣지도 얼굴을 보지도 않아도 그런 일이 벌어진다고?

"넌 그 애가 깨자마자 죽을 거야. 이래도 돌아갈 생각이 안 들어?"

머리를 망치로 얻어맞은 것 같았다. 내가 정말 죽는다고? 처음 내가 여기 왔을 때 그 애는 혼수상태였다. 운이 좋았다. 그러나 깨어나면 순식간에 에너지가 쏠릴 것이다. 나는 돌아가지 않는 이상 죽을 것이다. 그게 지금 내 결정으로 인해 치르게 될 희생이었다.

호흡이 가빠지고 머리가 어지러웠다. 또 시작이다. 음악을 듣고 싶었다. 눈을 감고 하파가 불러주는 〈바다〉를 만나고 싶었다. 전에는 모든 게 귀찮고 짜증나서 죽고 싶다는 생각을 한 적도 있었다. 그러나 이제는 달랐다. 살고 싶었다.

엑스가 다시 말했다.

"나를 도와. 널 죽지 않게 해줄게."

20

포스가 함께하길.
- 〈스타워즈〉(1999)

머리가 어지러웠다. 어둠은 숨 막히게 가슴을 조여왔다. 연구실 안에 엑스가 있었고 엑스와 나는 사실 아주 가까운 곳에 있었다. 그러나 우리는 각자의 자리에 서서 꼼짝도 하지 않았다. 누군가 움직인다면 팽팽한 줄이 뚝 끊어질 것만 같았다.

"네가 떨어뜨렸다는 그 반지. 그게 필요해."

엑스가 줄을 뚝 끊었다. 끊어진 줄이 팅겨 나와 나를 강타했다. 반지라면 엄마의 달팽이 반지?

"그 반지가 왜?"

"기계는 완성되었어. 그런데 요소 하나가 부족해. 우주에서 날아왔다는 돌이 있어야 해. 넌 원석과 접촉했기 때문에 이리로 날아올 수 있었던 거야. 우리가 가려면 그 돌과 맞닿아야 한다고."

내가 주우려고 했던 반지는 내 세계에 그대로 남아 있었지만, 이곳에 있는 달팽이 반지는 엄마에게 있었다. 엑스는 엄마에게 반지가 있다는 걸 모르고 있다. 엄마가 손을 이불 속에 넣고 있었는지 빼고 있었는지 기억이 잘 안 났다.

"반지만 주면 돼. 너, 죽고 싶지 않잖아?"

맞다. 난 죽고 싶지 않다.

"나도 여기 남아서 고통스럽게 살고 싶지는 않아. 그러니까 제발 네가 날 도와줘. 나도 널 도울게. 부탁이야."

엑스가 흔들리는 음색으로 말했다. 내 마음도 흔들렸다. 엑스에게서 처음으로 인간적인 모습을 보았다. 엑스도 결국 살고자 하는 인간이었고, 괴로워하고 있었다. 남을 해할 자격은 누구에게도 없다는 건 알지만 아주 조금 동정심이 들었다.

나도 살고 싶기 때문이다.

아주 간단한 일이었다. 엑스에게 달팽이 반지를 주기만 하면 된다. 어려운 일도 아니다. 당장 엄마에게 달려가 반지를 달라고 말하면 끝이다.

그러나 선뜻 그렇게 할 수가 없었다. 마음이 두 갈래 길로 갈라졌다. 두 갈래 길은 극과 극의 결과를 낳는 길이었다. 내가 사는 길과 내가 죽는 길.

엑스를 데려가면 적어도 한 명은 죽게 된다. 또 다른 엑스. 똑같이 생겼다고 해서 그 사람의 인생까지 소유할 수 있는 것은 아니다. 누구보다 내게 그걸 강조했던 사람이 엑스 아닌가. 게다가 만약 엑스의 고통이 여전히 사라지지 않는다면. 엑스는 자신이 잉여라고 부르는 사람들을 다시 해치기 시작할 것이다. 이곳에서의 살인이 저곳에서도 이어지게 된다. 결과적으로 내가 돌아간다면 남에게 피해를 주게 된다.

그러나 나는 점점 죽어가고 있었다. 두통과 어지러움, 기절. 예삿일이 아니라는 것은 이미 짐작하고 있었다. 겁이 덜컥 났다. 다음에는 내 몸 어디가 고장 날까.

정말 살고 싶다. 죽는 건 무섭다.

그러나 그렇다고 해서 다른 사람을 위험에 빠뜨릴 수 없다.

덜컹. 무슨 소리가 들렸다. 신강이 문을 부수기 위해 연구실 벽에 몸을 부딪치는 걸까. 그러나 나는 엑스와의 싸움에서 밀릴 수 없었고 엑스에게서 눈을 뗄 수 없었다.

"난 안 가. 달팽이 반지는 못 주겠어."

"반지라고?"

다른 목소리가 우리 사이에 끼어들었다. 목소리의 주인공이 엄마라는 걸 깨달았을 때 연구실 불이 켜졌다.

연구실 안에 엄마와 신강이 들어와 있었다. 비밀번호를 모르는 신강이 연구실에 들어오기 위해 어떤 일을 할지 예상했어야 했다. 신강이 처음으로 원망스러웠다. 엄마까지 끌어들이지는 말았어야 했다.

"필요한 게 내 반지야? 반지만 있으면 되는 거야?"

"그래. 그 원석 반지…… 그거 어디 있는지 아나?"

엑스는 엄마의 등장에 당황하는 기색이 아니었다. 다만 목소리에 힘이 없었다. 어딘가 아픈 사람처럼 얼굴을 일그러뜨렸다.

"나에게 있어. 그러니까 내 딸은 괴롭히지 마."

엄연히 말해서 나는 엄마의 진짜 딸이 아니었다. 엄마의 딸은 지금 누워 있었다. 누워 있게 방치한 것은 바로 나였고.

"엄마는 나가. 나 반지고 뭐고 필요 없어. 강아, 엄마랑 올라가. 그리고 내가 진짜 우주가 아니라고 설명 좀 드려."

"우주야, 강이에게 다 들었어. 믿기 힘든 이야기지만, 그래도 널 위해서라면 뭐든지 할 거야. 너도 내 딸이잖아."

엄마가 이런 말도 안 되는, 과학적으로 설명이 안 되는 이야기를 날 위해 믿어주다니 놀라웠다. 잠깐이지만 엄마를 다시 만나게 되어서 다행이었다. 죽은 엄마도 나를 원망하지 않을 것 같았다.

"그만 말해! 그 반지나 내놓고 나가."

엑스가 괴로워하며 소리쳤다. 아까 나에게 한 말이 거짓말은 아닌 듯했다. '잉여'들 때문에 아프고 괴롭다는 말. 엄마 목소리만 들어도 머리가 아픈 걸까. 엑스가 벌떡 일어나 자신이 깔고 앉아 있던 기계를 발로 찼다.

"여기 지금 그 돌이 필요하다고! 응? 내 말 알아들어? 지금 당장 기계를 돌리지 못하면 당신 딸은 죽을 거야!"

"난 안 가. 너 같은 괴물을 달고 돌아갈 순 없어!"

엑스가 따라가려 한다는 걸 안 신강과 엄마가 눈을 크게 떴다. 엄마 손의 달팽이 반지가 유독 눈에 들어왔다. 엄마는 반지를 만지작거리고 있었다. 중요한 일이 있을 때 엄마는 늘 반지의 원석을 쓰다듬었다. 지금 엄마는 어떤 결정을 내려야 하나 고민하는 중이었다.

"반지만 있으면 되는 거지? 그럼 가져가. 가지고 가버려."

뜻밖에도 엄마가 반지를 내어주겠다고 소리쳤다. 안 될 말이었다. 나는 어렵게 한 선택을 뒤집고 싶지 않았다.

"엄마, 그러지 마. 나 안 가."

"우주야."

엄마가 나를 껴안았다. 아주 따뜻하고 편안했다. 언제까지라도 나를 품어줄 것처럼. 이게 마지막 인사라는 걸 알 수 있었다. 엄마는 엑스가 무슨 짓을 할지라도 나를 보내려 한다. 엄마가 지나치게 오래 나를 안고 있는 것처럼 여겨졌다.

긴 포옹이 끝났다. 나는 무조건 엑스를 막는 일만 생각하기로 했다.

"엄마, 알았어. 나 돌아갈게. 대신 잠깐 나가 있어봐. 마지막으로 우리끼리 할 말이 있어."

신강에게 눈짓을 했다. 신강은 영문도 모르고 엄마를 연구실에서 데리고 나갔다. 내가 무슨 짓을 하려는 건지 알면 절대로 그러지 못할 터였다. 내가 온 곳에서는 비상 단추를 꺼두었지만, 이곳에서는 엄마가 살아 있기 때문에 여전히 작동하고 있을 것이다. 그리고 지금이 바로 비상사태다. 청소가 필요한 시점이다. 연구실은 웬만한 폭발에도 끄떡없게 설계되어 있으므로 엄마와 신강은 무사하리라.

나는 엑스와 함께 끝나기로 했다. 어차피 돌아가지 않으면 나는 끝이었다. 이상한 곳에 떨어졌을 때부터 왜 하필 내가 갑자기 여기로 날아왔는지 의문이었다. 신이 있다면, 누군가 이렇게 만든 것이라면 이유를 알고 싶었다. 그런데 지금은 알 것 같았다. 처음부터 내게 주어진 운명은 이런 결말이었는지도 모른다. 나는 엑스를 막기 위해 온 것이다.

"할 말이 뭔데?"

치밀한 엑스도 곧 돌아갈 수 있다는 생각에 흥분해서인지 내 생각을 읽지 못했다. 반면 나는 마지막이라고 생각하니까 오히려 마음이 차분히 가라앉았다. 엄마와 길게 나눈 포옹도 힘을 주었다. 점점 가빠오는 숨결이 얼마 남지 않았다는 것을 알려주었다. 내가 주인공인 영화가 끝나가고 있었다. 위대한 결말을 증명해줄 사람도 둘이나 이 광경을 지켜보고 있었다.

휴대폰을 꺼냈다. 마지막으로 하파의 노래를 듣고 싶었다.

따르르릉 따르르릉.

이곳에서는 유행하지 않는 구식 벨소리가 울렸다. 모르는 번호였지만, 마지막이라고 생각하니까 그냥 지나칠 수가 없었다.

"학생이 곧 깨어날 거야. 내가 보내는 주소로 사람을 보내줘."

그 남자였다. 털보 의사.

"내 번호는 어떻게 알았어요?"

대답을 듣기도 전에, 휴대폰을 잃어버렸다가 건물 앞에서 되찾은 일이 떠올랐다. 남자가 내 번호를 알기 위해 가져갔던 것이다. 더 늦기 전에 연락을 주어서 다행이다. 게다가 남자는 엑스에게 먼저 연락하지 않고 나에게 연락했다.

엑스가 무엇을 감지한 듯 자리에서 일어났다. 깔고 앉아 있던 기계가 드러났다. 대기 상태인 듯 파란 불이 번득이고 있었다. 나를 돌려보내줄 수 있는 기계였지만, 한 번도 쓰이지 못하고 파괴될 것이다.

나는 남자에게서 온 주소를 신강에게 보내고, 하파의 〈바다〉를 틀었다. 노랫소리가 연구실 안에 가득 찼다. 무슨 짓이냐고 묻던 엑스 얼굴이 차차 굳어져갔다. 하파의 허밍 소리가 나오기 시작하자 엑스는 귀를 막고 몸을 움츠렸다.

내 마음을 그토록 평온하게 해주었던 음악이 엑스에게는 듣기 힘든 소음처럼 들리는 듯했다. 왜?

하파도 엑스가 말하는 '잉여'인가.

그런데 엄마 목소리를 듣고 귀를 막았을 때보다 엑스는 훨씬 더 괴로워하고 있었다. 급기야 바닥을 데굴데굴 구르기 시작했다. 나는 하파의 노래를 반복 재생으로 설정하여 엑스 가까이 내려놓았다. 엑스가 방심했을 때 우리를 끝낼 단추를 누를 셈이었다. 그때 연구실 문이 덜컥 열리더니 엄마가 뛰어 들어왔다.

"잘 가, 우주야."

엄마는 거침없이 기계를 작동시켰다.

달팽이 반지가 있어야 하는데?

생각하는 순간 내 주머니 안에서 반지가 만져졌다. 엄마가 나를 그토록 오래 안고 있던 이유를 이제야 알 것 같았다.

팟.

눈부시게 밝은 빛이 주위를 감쌌다.

다시 눈을 떴을 때, 나는 탁자 밑에 있었다.

"여기가…… 악!"

일어서려다가 머리를 부딪쳤다. 정신이 번쩍 들었다. 손 안에 달팽이 반지가 있었다. 그리고 바닥에도 똑같이 생긴 반지가 떨어져 있었다.

"예, 이번 실험은요, 박사님……."

텔레비전이 켜 있었다. 빅뱅 실험 중이었다. 엑스 말이 생각났다. 이곳과 그곳의 시간 흐름이 다르다. 그 말뜻을 이제야 알 것 같다. 내가 그곳에 가서 느낀 시간은 길었지만, 이곳의 시간은 거의 흐르지 않았다. 돌아온 것이다.

나는 얼른 반지부터 빼서 안방 탁자 서랍에 넣어두었다. 내가 이동한 것은 몇만 분의 일, 아니 몇억 분의 일의 확률일 것이다. 어쩌다가 일어난 사고고 다시는 일어나지 않을 일이다. 이곳에는 엑스가 만든 기계가 없지만, 나는 그곳으로 갔다. 과학적으로 설명할 수는 없지만, 내게는 일어난 일이다. 지구 어디선가에서 우연에 의해 혹은 운명에 의해 또 반응할지도 모르는 반지를 함부로 다룰 수는 없었다.

때마침 아빠가 들어왔다.

"아빠!"

"어? 우리 딸, 왜 전화 안 받았어? 귀찮게 요리하지 말고 피자 시켜 먹자고 전화한 거였는데?"

전화기는 저쪽 세계 연구실에 남아 있었다. 하파의 노래가 틀어진 채로.

"피자 먹자. 고마워, 아빠."

아빠는 어색한지 웃기만 할 뿐 아무 말도 안 했다. 나도 내가 왜 그런 말을 했는지 모를 일이었다. 촌스럽게. 그래도 새 전화기를 사면 나는 아빠 번호 저장 명을 '왕재수'에서 '재수'로 바꿔주기로 결심했다.

며칠 뒤, 하파의 블로그에 새 글이 올라왔다.

오늘 오후 3시
하늘이 파랄 때
홍대 앞 어딘가의 거리에서
하늘파란이 공연을 합니다.

다행히 늦지 않게 보았다. 해니에게 당장 연락했다. 해니가 여행을 다녀온 뒤 처음 만나는 것이다. 겨우 며칠이었지만, 아주 오랜만에 해니를 만난 기분이었다. 해니 얼굴을 보자마자 눈물이 쏟아질 것만 같았다.

"나 미른하고 깨졌어."

예상 외로 하나도 창피하지 않았다.

"왜?"

"내가 못되게 굴었나 봐. 나 차였어."

이번에도 창피하지 않았다. 차였다고 말하면 죽고 싶을 줄만 알았는데 멀쩡했다. 해니가 내 가장 친한 친구여서 그런가.

"나쁜 놈."

해니가 울먹였다. 어느새 나는 해니가 하녀로 여겨지지 않았다. 나를 위해 울먹이는 해니가 고마웠다. 이제 진짜 동등한 친구 관계가 된 것 같았다. 진짜 서로에 대해 아는 친구.

우리는 정처 없이 홍대 거리 여기저기를 돌아다녔다. 정확한 장소를 공지하지 않은 것이 하파다웠다. 홍대 거리의 수많은 사람들. 다른 세계에서 어떤 모습으로 어떤 생각을 하며 살아갈지 알 수 없다. 그러나 나는 지금 이 거리에 서 있고, 내가 서 있는 세계에 충실하며 살아갈 것이다.

한참을 걷다가 하파를 보았다. 하파라는 것은 한눈에 알아볼 수 있었다. 수많은 인파 속에서도 정확히 찾아낼 수 있었다. 통기타를 메고 다른 밴드 멤버들 가운데 서 있었다. 하파는 존재감을 일부러 지우지 않았다. 착한 눈을 가지고 수줍은 웃음을 짓고 있었다. 전에 공원에서 해니에게 엑스를 남자 친구로 오해받았을 때, 엑스가 한 말이 생각났다.

"너랑 나랑 어떤 상관이 있을지도 모르지. 원래 인연이라는 건 그런 것 아니겠어?"

엑스가 〈바다〉를 들었을 때 괴로워한 이유가 있었다. 또 다른 자신인 하파의 목소리에 반응한 것이다.

운명은 만나야 할 사람을 만나게 한다.

하파는 엑스와 전혀 다른 분위기를 풍겼다. 〈바다〉를 들을 때 느끼는 편안함이 얼굴을 보는 것만으로도 내 마음에 울려 퍼졌다. 고요하고 잔잔한 바다가 있다. 바람 한 점 없는 곳에서 자신의 심장 소리를 들으며 눈을 감고 있는 하파가 눈앞에 그려졌다.

해니와 나는 눈을 감고 〈바다〉를 만났다.

"노래 정말 좋다."

"그렇지?"

신비한 능력은 엑스를 병들게 했다. 저렇게 순수한 열정을 가진 사람이었다, 엑스의 본질은.

나는 남겨두고 온 일들을 떠올렸다. 우주는 깨어나 집으로 돌아왔을 테고, 엄마는 진짜 딸을 안았을 것이다. 그리고 이상한 일이 일어난 것을 두고두고 생각할 것이다. 어쩌면 허무맹랑하다고 비웃던 SF영화들을 지금쯤 받아들이고 즐길 수 있게 되었을지도 모른다.

"여러분, 오늘 남은 하루 무엇을 하실 건가요?"

다음 곡을 부르기 전에 하파가 물었다.

나는 해니와 함께, 미른이 아르바이트를 하는 도넛 가게에 가서 수다를 떨기로 했다. 어쩌면 신강을 만날 수 있을지도 모른다. 그리고 집에 돌아가 아빠와 다투고, 엄마를 그리워할 것이다. 여태까지와 비슷하지만 다른 하루하루를 만들며 살아가려 한다. 내가 겪은 일들이 그냥 꿈을 꾼 게 아니라는 걸 증명할 수 있을까. 서랍 깊숙한 곳에 있는 두 개의 달팽이 반지 말고 나 스스로 증명할 수 있는 방법이 없을까.

하파와 잠깐 눈이 마주쳤다. 그러나 곧 하파는 밴드 하늘파란과 함께 다음 곡을 연주하기 시작했다.

"사실 나는 외계인이야."

한 해에 한 명씩 나에게 은밀히 다가와 자신이 외계인이라고 커밍아웃하는 아이들이 있었다. 학년이 바뀌고 새로운 교실이 새로운 아이들로 채워져도 꼭 한 명씩 외계인이 존재했다. '쉿, 이건 비밀인데……'로 시작되는 대화에서, 혹은 뜬금없이. 나는 알고 싶지 않은 비밀을 들어야 했다. 한번은 왜 하필 나에게 고백을 하는지 물은 적이 있었다. 자칭 외계인인 그 애가 말했다.

"나랑 같은 종족인 거 같아서."

졸지에 외계인 종족이 된 나는 그날 밤, 하늘을 올려다봤다. 정녕 사실이란 말인가. 내가 외계인이라니! 아무리 생각해도 친부모인 것 같은 우리 엄마와 아빠는? 찬찬히 생각해보았지만, 나는 진실을 알 수 없었다. 주위에 외계인이 이렇게 많다는 것도 믿을 수 없었다. 그러나 우주는 이미 굉장히 넓었고 무한히 팽창하고 있었다. 어딘가 외계인이 존재하지 않으란 법도 없었다. 그렇다고 해서 한 반에 한 명씩 외계인이 있다는 건 믿기 힘들었지만.

중학생이 되고 고등학생이 되고, 나이를 먹을수록 자신이 외계인이라고 고백하는 아이가 줄어들더니 결국 사라졌다. 철이 들어 정체를 드러내지 않는 게 유리하다는 걸 알아서인지, 지구에서 외계인들이 대거 철수했는지는 알 수 없었다. 단지 나에게서 외계 종족의 면모가 사라져서 고백을 못 듣고 있는 건지도 몰랐다.

스무 살 어느 추운 밤, 나는 우리 집 옥상에 있었다. 몇십 년에 한 번 볼 수 있다는 우주 쇼를 보기 위해서였다. 밤늦은 시간부터 먼동이 터오는 새벽까지 나는 덜덜 떨며 친구들과 통화를 했다. 어떤 애는 공원에서 보온병에 든 차를 마시고 있었고, 어떤 애는 자기 아파트 앞에 쪼그리고 앉아 있었다. 방 창문으로 하늘이 잘 보이는 운 좋은 애만이 집 안에 있었다. 우리는 대부분의 사람이 잠든 조용한 새벽을 한껏 설레며 즐겼다. 너무 추워 콧물이 나왔을 때 마침내 별똥별이 떨어지기 시작했다.

피웅? 씨웅? 글로 표현할 수 없는 묘한 소리가 났다, 별똥별이 떨어질 때 소리가 난다는 걸 처음 알았다. 다른 친구들은 못 들었다며 내 귀가 이상하다고 했지만, 나는 똑똑히 들었다. 마치 마법사가 마법을 쓸 때 나는 소리 같았다. 가슴이 두근거렸다. 마법은 내 머릿속에서도 일어났다. 내 속에서 '우주'라는 이름을 가진 여자애가 퐁 떠오른 것이다. '우주'라는 이름은 참 재미있다. 과학적이면서 종교적이다. 그 애는 자신이 살던 곳과 같으면서 다른 곳으로 날아갈 운명을 가지고 있었다. 교실마다 한 명씩 있던 외계인 아이들처럼, 그 애들은 자신이 이물질이라고 여기면서 세상에 동화되지 못했다.

'우주'라는 여자애에 대해 알게 된 십 년 뒤 이 소설을 썼다. 소설을 쓰면서 나는 별똥별을 보기 위해 옥상에 쪼그리고 있던 그때로 수없이 많이 되돌아갔다. 그리고 반마다 하나씩 있던 외계 아이들을 떠올렸다.

이제는 그 애들에게 말하고 싶다.

"너희가 맞았어, 나도 외계인이야."

무슨 의미인지는 설명하지 않겠다. 뭐, 아무려면 어떠랴. 지구인도 다른 행성 사람들에게는 외계인이니까 영 틀린 말도 아니지 않는가. '우주'가 다른 세상에서는 이방인인 것처럼.

2012년 여름
선자은

제2우주

© 선자은, 2012

초판 1쇄 발행일 2012년 7월 25일
초판 4쇄 발행일 2024년 4월 1일

지은이   선자은
펴낸이   정은영

펴낸곳   (주)자음과모음
출판등록   2001년 11월 28일 제2001-000259호
주소   10881 경기도 파주시 회동길 325-20
전화   편집부 02) 324-2347 경영지원부 02) 325-6047
팩스   편집부 02) 324-2348 경영지원부 02) 2648-1311
이메일   jamoteen@jamobook.com

ISBN 978-89-544-2818-7(43810)